警視庁地下割烹

田中啓文

角川文庫
24323

目次

第一話「フグに当たった男」

花菱朝彦《はなびしあさひこ》は、月曜日の朝七時半に警視庁本部庁舎六階にある刑事部に出勤した。ひりついた空気のなかを自分の席まで歩いていこうとすると、

「ドジ坊、ちょっと来い」

直属の上司の大河鉄太郎《おおかわてつたろう》が声をかけてきた。朝彦は、捜査第一課第三強行犯捜査・殺人犯捜査第一係の大河班に属する刑事である。班長の大河は、半ばため息とともに言った。

「ジョーズが呼んでる。行ってこい」

ジョーズというのはもちろんサメに似ているから……ではなくて、第三強行犯捜査・殺人犯捜査担当の管理官が上手茂明《じょうずしげあき》という名前なのである。

「やっぱり来ましたか……」

「そのようだな。――西南《せいなん》の役《えき》のときの西郷《せご》どんのように、腹をくれ」

「――はい……」

月曜の朝イチからとんでもないことになった。だが、自分のまいた種なのだ。仕方がない……。

「せめて刑事部のなかでの異動になることを祈ってるよ、ドジ坊」

ドジ坊などというあだ名で呼ぶことは、今の世の中、とんだパワハラと思われるかもしれないが、このあだ名は朝彦自身がそう名乗ったようなものなので仕方ないのである。

朝彦は重い足をひきずるようにして、上手管理官のデスクへと向かった。

「よう、お早《はよ》う」

殺人犯捜査第一係、第二係を束ねる上手は朗らかそうな声でそう言った。

「お早うございます」

朝彦は上体を十五度曲げて挨拶《あいさつ》をした。

「うん……普段は八時過ぎごろに出てくるんだが、月曜日はなにかと報告や決裁があるから早めに来るんだ」

丸い目をした上手管理官は尖《とが》った歯の並ぶ口を開けてかすかに笑うと、持参のステンレスボトルからマグカップにコーヒーを注ぎ、ひと口飲んだ。

「いい香りだ。この部屋のコーヒーサーバーのコーヒーが、どうも口に合わなくてね、毎朝自分で豆を挽《ひ》いて、淹《い》れてくるんだよ。上手《うま》くいったときは一日中気分がいいね。——さて、と……なにから話していいか……」

上手は手を組み合わせて下を向いた。

（なにからって決まってるよなあ。辞令でしょうが。俺はどこに行かされるんだ。とにかくもう二度と「刑事部」には戻れない。それはわかってるんだ。蛇の生殺しは勘弁してくれ。さあ、こっちはこのまえからずっと覚悟を決めてるんだから早く言ってくれ……頼む……お願いだ……）

「なあ、花菱くん……だいたいわかっていると思うが、さっき人事から報《しら》せがあったよ。きみは異動になる」

（来たあああっ！）

内心は拳《こぶし》を突き上げてそう叫んだが、口では一言、

「はい……」

「普通は一週間後だが……悪いが今日付けだ。向こうの部署がそう望んでいてね……」

「わかっております。なにもかも俺の不行き届きのせいですから……」

「そうか……私としても優秀な部下をうちから失うのは不本意なのだが……」

嘘をつくな、と朝彦は思った。こんなドジなやつ、出ていってくれて万々歳にちがいない……。

「長いあいだありがとうございました。長年の夢だった刑事をこんな形で辞めることになるとは思ってもいませんでした……」

上手管理官はちょっと困ったような顔になり、

「いや……きみは刑事を辞めることはないんだ……」

「えっ……？」

「今回の異動で、きみは刑事部に残る」

青天《せいてん》の霹靂《へきれき》ともいうべき言葉だった。刑事を……辞めなくてすむ……？

「それじゃあ、俺はこれからもこの六階のフロアにいられるんですね！」

「いや……ここにはいられないんだ」

「どういうことです？」

「きみには、もっと下の階に行ってもらう」

「もっと下というと……五階ですか？」

「いや、もっと下だ」

「四階？　三階？」

上手はかぶりを振り続けた。

「まさか一階の受付とか……」

「まだ下だ」

「その下は地下じゃないですか。文書課、用度課……まさか駐車場！」

警視庁本庁の建物は、Ｂ１からＢ３までが地下駐車場になっている。

「言いにくいんだが……そのもうひとつ下だ」

「馬鹿にしないでください！　そんなところには土しかない！」

朝彦は両手を上手の机に叩《たた》きつけようとして、上手のステンレスボトルを吹っ飛ばしてしまった。

「ぎゃあっ」

熱いコーヒーを頭から浴びた上手は、思わず立ち上がった。髪の毛もワイシャツも背広もコーヒーでびしょびしょだ。

「す、すいません！」

朝彦がハンカチで拭《ふ》こうとすると、

「触るな！　どうしてきみはそうドジなんだ！　そんなことだから異動になるんだぞ」

「それはわかっています……」

朝彦は肩を落とした。上手管理官は半ば茶色く染まった異動の辞令書を朝彦に手渡した。そこには、

令和〇年〇月〇日をもって
巡査部長　花菱朝彦を
割烹《かっぽう》課所属とする
警視庁警務部長　有光大輔《ありみつだいすけ》

「割烹……？　どういうことです？」

「このビルの地下四階に割烹がある。その存在はごく限られた一部のものしか知らない」

そんな店があるなんて今の今まで朝彦は聞いたこともなかった。そもそも警視庁本部庁舎ビルのエレベーターのボタンはB3までしかないのだ。

「きみにはそこで働いてもらう」

さすがに朝彦はムッとした。

「たしかにコーヒーをおかけしたのは申し訳なかったです。でも、それで腹を立てて、くだらない冗談を言うのはやめてください」

「ところが冗談ではないのだ。きみは今日から割烹『警視兆《けいしちょう》』に所属することになる」

「割烹……警視兆……？」

「知らないかね？　大阪船場《せんば》の有名な料亭『失兆《しっちょう》』の流れをくむ名店だぞ」

「失兆」なら朝彦も知っていた。行ったことはないが、有名な店である。

「俺は警察をクビになって、その割烹でお運びかなにかをする、ということですか」

警視庁にはいくつかの食堂が入っている。なかには一般人歓迎の店もある。カツカレーのメガ盛りで有名なレストランや蕎麦屋《そばや》や軽食も食べられる喫茶風の店などもある。おそらくそういうもののひとつなのだろう、と朝彦は思ったのだ。

「ちがう。きみには板前見習いとして包丁の使い方から修業してもらわねばならん」

「お断りです。どうせクビになるなら、ほかの仕事を探しますよ。どうして板前なんか……」

「だから……さっきから言ってるだろう！　きみは警視庁をクビになったりしない。刑事部所属のままだ」

「わけがわかりません。職員食堂を運営する会社に出向する、ということでしょうか」

「いいか……この割烹『警視兆』は警視庁が外部委託している飲食店ではない。れっきとした刑事部の一部署……警視庁刑事部割烹課として警視庁が運営する組織なのだ」

なにを言っているのかまったくわからなかった。

「そんなものが本当にあるとして……俺はそこでなにをしたらいいのでしょう」

「言っただろう。板前修業だ」

「どうして刑事が板前修業しなくちゃならないのです」

朝彦は吐き捨てるように言った。この世で一番嫌いな存在が板前と食通だ。

「うん……まあ、私にもよくわからんが……これは私などよりはるか上層部で決まっていることでな……とにかくがんばってもらいたい。言っておくが、割烹課つまり『警視兆』におけるきみの同僚、上司などもすべて刑事部所属……すなわち刑事だ。また、割烹課の課長を務める『ささやき女将《おかみ》』こと森川春江《もりかわはるえ》氏は警視正だ。礼を失することのないようにな」

「…………」

割烹という言葉には嫌な記憶しかない。朝彦はため息をついた。

「きみがもし、もう一度捜査一課に戻りたいなら、死ぬ気で今度の仕事に傾注したまえ。

もしかするとまた地下からこのフロアに帰ってこられる日が来るかもしれん。それと……地下四階には通常のエレベーターでは降りられない。地下三階の駐車場の隅の壁がどんでん返しになっていて、そのなかに隠し階段がある。それを使うように」

忍者屋敷かよ、と思いながら朝彦は頭を十五度に下げると歩き出した。

（最悪だ……！）

頭のなかは今の上手管理官の言葉でいっぱいになっていた。

（地下四階……割烹……板前修業……わけがわからない！）

朝彦は上司の大河鉄太郎のところに戻った。

「どうだった？」

「はい……割烹課というところに配属になったようです」

朝彦はたった今もらった辞令を見せた。

「うーん……噂ではそういう部署があると聞いてはいたが、本当にあったとはな……」

「なにをする部署なんでしょうか」

「わからん。とにかく刑事でいられるんだから、また捜査課に戻ってこられる可能性はある。しっかり務めてこい。待ってるぞ、ドジ坊」

タイガーこと大河鉄太郎は吠《ほ》えるような声でそう言った。彼は、虎に似ているから……ではなくて、大河ドラマ好きで毎年欠かさず全話観ており、月曜日はかならずその中身を話題にするところからそういうあだ名がついたのだ。

「わかりました、タイガーさん。それまで待っていてください」

「うむ、『麒麟《きりん》がくる』のキリンのように首を長くして待っているぞ」

そのキリンと麒麟はちがう、と思いながら、朝彦は一礼して歩き出した。

◇

思い返せば、刑事になってからいろいろあった。まさに「いろいろあった」とざっくりとひとくくりにしなければならないような日々だった。刑事になることは子どものころから夢だった。もともと正義感が強く、犯罪を取り締まり、この世の悪と戦おうという気持ちが強かったが、刑事だった父親が殉職したため、いっそうその思いが強くなった。

学生時代の教師からは、「真面目だが意欲が空回りするタイプ」と評価されていたが、刑事としてはそれは致命的な欠点といえた。「ドジ坊」などという、ハラスメントになりそうなあだ名がついてしまったというのも、けっして彼がドジだからではなかった。もともとは捜査一課に配属され、皆のまえで自己紹介をしたとき、

「がたいがいいな。学生時代はなにかスポーツをやっていたのか?」

と言われて、

「はい、フットボールを……」

と言うべきところをなぜか口が勝手に動き、

「ドッジボールを……」

と言ってしまったのである。以来、あだ名が「ドッジボール」になり、それが変形して「ドジ坊」になってしまったのだ。そして、それがあまりにぴったりだったので変えようがなくなった、というのが真相である。

あるとき、朝彦は庁舎の近くにあるラーメン屋で先輩と食事をしていた。午後二時を回っており、店内はふたりのほかに爺《じい》さんがひとり、タンメンを食べているだけだった。

先輩が、

「ここのラーメンのスープは魚介系ととんこつと鶏ガラを一対一対一にして、そこに千葉県の野田《のだ》の高級醤油《しょうゆ》を合わせてるんだ。なかなかいけるぜ」

「はあ……」

「麺《めん》も腰が強いし、茹《ゆ》で方も上手《うま》い。隠れた名店ていうやつだ」

ある理由から、蘊蓄《うんちく》を語るグルメ気取りが大嫌いだった朝彦は無言で麺を啜《すす》った。そのとき、店の外から、

「泥棒ーっ！」

という声が聞こえてきた。見ると、男がひとりシャネルのバッグをつかんで走っている。先輩は、

「行くぞ！」

と叫び、食べていたラーメンの丼をカウンターに叩きつけて立ち上がったが、そのは

ずみに椅子を蹴倒《けたお》し、カウンターの上の食器や調味料を床に落とした。ラーメンの汁もほとんどこぼれてしまった。先輩はそのまま走り出ていったが、朝彦は店主に、

「すいません、すいません」

と謝りながら、割れた食器などを片付け、椅子をもとに戻した。朝彦のことを刑事だと知っている店主は、

「いいよ、いいよ、あとはこっちでやっとくから……」

「よろしくお願いします！」

朝彦も走り出したが、向こうから先輩が男の腕を摑《つか》んでこちらにやってくるのが見えた。

「先輩、お手柄ですね！」

「なにぐずぐずしてたんだ！　おかげで逃がすところだったぞ！」

「えーと……割れた食器を片付けたりとか……」

「馬鹿野郎！　そんなものはうっちゃっときゃいいんだ。あとで謝りゃいいだろ。俺たちは刑事なんだぞ、犯罪を見かけたらなにもかも放り出してそれに集中するんだ、わかってるのか」

先輩刑事は両手をすりむいており、ズボンはラーメンの汁でめちゃくちゃになっていた。

「俺はこいつを署に連れていくから、おまえはあの店に戻って金を払ってこい」

「先輩の分もですか？」

「あたりまえだ！」

先輩はそう言うとスマホでパトカーを呼んだ。結局、その男がひったくったバッグには百万円の現金が入っていたので、先輩刑事は手柄を称賛され、朝彦は「泥棒を追いかけずに食器を片付けていた男」として評価はとみに下がった。

つぎのしくじりは、捜査一課第三強行犯捜査・殺人犯捜査第一係が手掛けていた大きな事件が解決し、その祝いの宴会でのことだった。軍資金は上層部数人のポケットマネーで賄われたらしい。朝彦たちはその末席を汚していた。料亭の大広間で大勢が膳《ぜん》についていたが、お歴々の長い長い挨拶《あいさつ》が終わって、

「さあ、皆、飲んでくれ、食ってくれ」

とようやくお許しが出たのは開始から一時間も経ったころだった。一気に酒が入って座が乱れはじめたころ、捜査第一係の主任雲山《くもやま》がいきなり立ち上がった。派手な刺繍《ししゅう》をほどこした幅広のネクタイを締め、サングラスをかけ、坊主頭の雲山は仲居に向かって、

「おい、料理長を呼べ！」

そう怒鳴った。仲居はヤクザよりもヤクザめいた彼の外見に恐れをなして、

「なにかございましたか……？」

「いいから呼んでこい」

雲山はネチッこい性格で、容疑者だろうが後輩だろうが、網にかかった獲物をいたぶ

る癖があり、陰では「スパイダー」と呼ばれていた。これは悪口なので、もちろん面と向かっては言えない。

しばらくすると頭の禿《は》げた、白衣を着た男がやってきた。警察関係者の宴会だということで緊張した面持ちである。雲山主任はてんぷらの盛り合わせが載った皿を示し、

「なんだ、このてんぷらは！　衣がぐにゃぐにゃじゃないか。もっとカラッと揚げられないのか！」

「あ、いや、それは……お出ししてからかなり時間が経ってしまったもので……」

「それだったら、こちらが出してくれ、と指示してから持って来ればいい。熱いうちに食った方が美味《うま》いに決まってるだろう」

料理長が震え上がったとき、上座にいた人物が、

「私が店に、最初から全部出しておくように、と言ってあったのだ」

それは捜査一課の理事官神田《かんだ》まさしだった。

「ど、どうしてそんなことを……」

「どうせ何人も挨拶に立つ。いつ終わるかわからない。長々と待たされたあげく、急に運び込め、と言ってもそこからまた時間がかかる。てんぷらが冷めて、ぐにゃぐにゃになったぐらいいいじゃないか。飲み始めたら、味なんてどうでもよくなる。それともきみは、私の指示が間違っていたというのかね」

「い、いや、そんなことは……」

雲山は仏頂面で料理長に向かって、

「これでいいそうだ。もう用はない。下がってくれ」

料理長がおどおどした様子で宴会場を出ていこうとしたとき、神田理事官が声をかけた。理事官といえば、捜査一課長のすぐ下に位置する階級で二名しかいない。そのまた下にいるのが十三名の管理官である。つまり、理事官はかなり上位の役職ということだ。

「待ちなさい。これは私の指示であんたがしたことなのだから、あんたに落ち度はない。雲山くん、きみはこのひとに謝るべきだと思うがね」

「私がですか？」

「そうだ。勘違いしてすまなかった。以後気を付ける、と頭を下げればすむことだ」

雲山はこわばった顔で料理長に上半身を十五度曲げて、

「勘違いしてすまなかった。以後気を付けるから許してくれ」

「もういいですよ。今度来られたときは、揚げたてをご賞味いただければと思っています」

「そ、そうだな……」

料理長が今度こそ大広間を出ようとしたとき、朝彦が言った。

「ちょっと待ってください。神田理事官、理事官も料理長に謝るべきではありませんか？」

広い部屋が静まり返った。

「なんだと？　きみはだれだったかね」

「大河班の花菱朝彦と申します」

「私がなぜ詫《わ》びねばならん。とりなしてやったんだ。感謝されこそすれ、詫びる筋合いはない！」

タイガー班長が飛んできて、

「馬鹿！　ドジ坊、理事官に向かってなんという失礼なことを！　将軍にずけずけ意見を言った大久保彦左衛門《おおくぼひこざえもん》のつもりか。彦左衛門は『どうする家康《いえやす》』には出ていないぞ」

「なにをわけのわからないこと言ってるんです！」

班長は朝彦の後頭部を押さえつけて頭を下げさせると、

「理事官、すみません。こいつ、酒癖が悪くて、酔うとめちゃくちゃなことを言い出すんです。あとで厳重に叱《しか》っておきますから今日のところはどうぞお許しを！」

朝彦は大河の手を払いのけて、神田理事官に向き直ると、

「料理人に向かって、てんぷらが冷めて、ぐにゃぐにゃになったぐらいいいじゃないか、飲み始めたら、味なんてどうでもよくなる……とおっしゃったのは失礼ではないとおっしゃるのですか？」

理事官はハッとしたような顔つきになり、急に笑い出した。

「ははは……たしかに失礼だった。あれは、まあ、なんだ……言葉の綾《あや》だ。ついうっかり口から出てしまった。料理長、私が悪かった。——花菱、これでいいか」

理事官はそっけなく言った。

「はい……」

「花菱朝彦だな。覚えておくぞ」

そう言うと理事官は退席した。その後の飲み会はさんざんだった。朝彦は班長や先輩たち、管理官などからかわるがわるどやされた。救いは、帰りがけに料理長が近寄ってきて、小声で、

「ありがとうございます」

と言ってくれたことだけだった。

◇

そして、つい先日、朝彦は決定的なしくじりを犯してしまった。ラーメン屋の件と宴会の件はいわば身内に対する失態だったのでまあよい（よくはないが）。しかし、今回のは下手をしたら一般人の人命にかかわっていたかもしれない最悪の失策だった。よくまあこれだけ続けざまにドジが踏めるものだ、と自分でも呆《あき》れるのだが、やってしまったものは仕方がない。

その日は朝から雨だった。

夜七時過ぎ、三軒茶屋《さんげんぢゃや》駅近くの雑居ビル四階にある貴金属買取店「えらすも屋」にマスクにベレー帽、ジャンパー姿の男が押し入り、ひとりで店番をしていた店員をナイフ

で脅すと、ダイヤやジュエリー、高級腕時計など二千五百万円相当の品をポケットに入れ、そのまま出ていったという。

店員はすぐに警察に通報、駆けつけた世田谷《せたがや》警察署の署員が周辺を調べているとき、同じフロアにあるインターネットカフェ「GOOGLE」の個室に、従業員の女性を人質にして男が立てこもったという報が入った。服装などから犯人はおそらく先ほどの強盗犯と同一人物だろうと思われた。四階にはエレベーターを上がったところの右側に貴金属買取店の、左側にネットカフェのドアがある。

捜査一課の捜査員、世田谷警察署の署員、そして捜査一課特殊犯捜査係（SIT）の面々が現場に急行した。その他、多くの捜査員が犯人捕捉《ほそく》、犯人追跡などに備えて出動を要請されたが、この日朝彦は非番で、朝から外出していた。

貴金属買取店の監視カメラの映像、ネットカフェの個室から漏れ聞こえてくる話などから、犯人のひととなりがだいたいわかってきた。犯人はおそらく年齢四十歳前後。長年勤めた会社を一方的にクビになった。家賃が払えなくなり、住んでいたアパートを追い出されたことで自暴自棄になり、行き当たりばったり犯行に及んだらしい。貴金属買取店に入ったあと、どうやって逃げるとかは考えていなかったようだ。サイレンが聞こえてきたので、同じ階にあったネットカフェに逃げ込んだらしい。

フロントにいた店長にナイフをちらつかせたが、そのときたまたまひとりの女性スタッフが通りかかった。その腕をいきなりつかみ、ナイフを喉《のど》に突きつけて空いていた個

室に引きずり込んだという。店長が聞き耳を立てると、個室のなかからは、

「てめえを殺して俺も死ぬ」

などと口走る声が聞こえてきて、かなり興奮していたようだ。

ネットカフェは狭い通路の左右に個室が並んでいる。犯人が立てこもっている部屋は外壁に面しているが、外壁側には窓がなく、通路側に小さな小窓があるだけなのでなかの様子はよく見えない。現場《げんじょう》のビル周辺は通行禁止になっており、パトカーが十重二十重《とえはたえ》に囲んでいた。

店長によると、人質になっているのは木戸愛子《きどあいこ》という三十二歳の女性で、数年前から働いているアルバイトだという。

「真面目な勤務態度のひとでね、なんとか助けてあげてくださいよ」

店長の案内で個室のまえまで行った捜査員が扉越しに声をかけた。ＳＩＴに属する彼は「交渉人」と呼ばれ、人質立てこもり事件の犯人の説得や交渉に関する専門的な知識を持っている。

「私は警視庁のものです。あなたとお話しするために参りました。人質は無事ですか？　まずはそれを確認させてください」

「知るか！　通路から出ていけ！　小窓からもしだれかが近づくのが見えたらこの女をひと刺しだぞ」

人質も、

「出ていってください！　お願いします！　でないと殺されます！」

「わかったなら、ずーっとずーっとここから離れろ。俺の視界から消え失《う》せろ」

「せめて、交渉のためにスマートフォンの番号を教えてほしいのです」

「おめえ、馬鹿か。アパートを追ん出された人間がスマホやガラケーなんか持ってるわけねえだろ」

「じゃあ人質の方はお持ちじゃないですか？」

人質が、

「仕事中はロッカーに置いてくることになってるんです」

「我々がそれを取ってきて……」

「うるせえ！　出てけ出てけ！」

「わかりました。おっしゃるとおりにしますが……なにか要求はありませんか」

「そうだな……。逃走用の車、あと腹が減っているから食いものを用意しろ。運転しながら食えるからパンがいい」

男は、車種についても指定した。

「○○の黒のクーペだ。それ以外はダメだ」

「それを用意したら人質を解放してくれるのですか」

「人質は連れていく。適当な場所で解放してやる。──いいか、今から十分以内に用意しろ」

「十分？　それはさすがに……」

「俺は気が短いんだ！　十分超えたらズブリだぞ。そうなったらおまえらの責任だからな。あと、ヘリなんか飛ばしやがったら許さねえ。ヘリの音が聞こえたらこいつを殺す」

「わ、わかりました……」

「さあ、出ていきやがれ。小窓から見張ってるからな」

「ものが用意できたらどうやって知らせればいいでしょう？　ここまで来てもよろしいですか？」

「エレベーターを降りたところから大声で叫べば聞こえる」

交渉人たちはネットカフェの外に出るしかなかった。

現場指揮は警視庁捜査一課長で「トカゲ」というあだ名の江原剛《えはらつよし》だった。トカゲというのは、彼が挨拶《あいさつ》のときなど、しきりに「世の中には光と影がある。犯罪者は影だ。我々はつねに正義の光でこの世を照らし、犯罪を撲滅する側であることを忘れてはならない。いいか、諸君、光と影だ」と繰り返すので、「光と影」から「トカゲ」になったのだ。これももちろん面と向かって言ってはならない。

通常の捜査本部なら、管理官や理事官クラスが現場の指揮を執ることもあるが、今回は社会に与える影響が大きいということで、課長である江原が陣頭指揮を執ることになった。

捜査一課担当の事件でなにか失態があると、記者会見でマスコミに対して頭を下げるのはいつも江原である。彼はすべてがモニタリングできる「現場指揮官車」で指揮に当たっていたが、交渉人から話を聞いて決断を下した。

「時間がない。ただちに車を手配しろ。犯人が指定した車種もしくはできるだけ近いものを探せ。手分けして近くのレンタカー屋を回るんだ」

「もう九時ですからほとんどの店は閉まってると思います。スタッフも帰ってしまっているかも……」

「急げ！手の空いてるもの全員でかかれ。電話はつながらないだろうから直《じか》に行け。あと、ヘリを飛ばすな、と報道に指示しろ」

「逃がすつもりですか？」

捜査員のひとりが不服そうに言った。

「部屋の場所が悪い。通路の一番奥だ。しかも、外部に向いた窓がない。人質の生命が第一であることを考えると、ここで突入するのは危険すぎて無理だろう。一旦《いったん》、泳がして、外で確保しよう」

ＳＩＴは誘拐、立てこもり、人質、脅迫、爆破事件などを専門的に扱う特殊部隊なので、通信傍受、逆探知、説得交渉などを得意としている。

「わざと逃がすとなるとマスコミが黙ってますでしょうか」

「マスコミには伏せておけ。——車体とパンを入れた紙袋に小型のＧＰＳ発信機を仕込もう」

江原課長の指示で捜査員たちは雨のなかレンタカー店を当たったが、犯人が指定した「○○の黒のクーペ」は見つからなかった。皆は探す範囲を広げ、やっとその車を見つけた。レンタカーを借りた捜査員が運転し、雑居ビルの一階入り口まえにつけた。すでに約束の十分は過ぎていたがしかたがない。担当者が焦りながらもバッテリーと小型GPSを車体の下部に設置した。江原課長は交渉人に、

「これでいい。犯人に、車が準備できた、と伝えてきてくれ」

犯人は、ビルの地下にある駐車場に車を回せ、と言ってきた。江原も現場指揮官車から降りて、地下駐車場に移動した。

「なぜ一階じゃなくて地下なのかな」

江原がそう言ったとき、捜査一課の那須《なす》という刑事が、

「パンはどこにあります?」

江原は蒼白《そうはく》になり、

「しまった。車を探すのに必死になって忘れていた。すぐにコンビニに行って菓子パンでもなんでもいいから買ってきてくれ」

「もう二十五分も経過しています。とりあえず車の件だけでも伝えた方がいいのでは……?」

「そ、そうだな。あまり遅すぎると、裏でなにかしてるんじゃないか、などと疑心暗鬼になって、人質を傷つけるかも……」

そのとき、

「あれ？　那須さんじゃないですか。こんなところで会うとは奇遇ですね」

突然、男が声をかけてきたので、皆はぎくりとした。ここは封鎖されているから一般人が入ってくるはずはない。しかし、男の顔を見ると、それは犯人ではなかった。那須が、

「花菱！　おまえこそここでなにをしているんだ。大河班と彦根《ひこね》班、赤穂《あこう》班はSITの突入に備えて外で待機しているはずだろう」

それは花菱朝彦だった。買い物帰りとみえ、紙袋やレジ袋を両手にたくさん提げている。傘を持っていなかったのか、全身がずぶ濡《ぬ》れだ。

「突入？　なんのことです？　俺、今日、非番なんで朝からずっと出かけてまして……」

「連絡受けてあわてて飛んできたってわけか。でも、おまえ、よくまあそんな恰好《かっこう》でこのビルに入れたなあ」

「はい。ここの駐車場に車を停めて、駅の反対側のスーパーでいろいろ買い物したあと、戻ろうとしたらバリケードテープが張られてて、なんだかたいへんなことになっていたんで、立っていた機動隊に警察手帳を見せたら、あっさり通してくれましたよ。——なにがあったんです？」

「お、おまえ、連絡来てないのか！」

「はっはっはっ……それが大笑いで、携帯は持って出たんですが途中で落としてしまっ

て……警視庁の遺失物係にきいたら、届いていないって言われちゃいました。明日《あした》もう一度行ってみます。それで遅くなっちゃって……」

「そんなことはどうでもいいんだ！　四階からの連絡によると、今からここに犯人が階段で……」

そう言いながら那須は朝彦が手にしている紙袋に目を留め、

「おい、それはなんだ」

「これですか？　パンですけど……『カバのパン屋』のパン、美味《うま》いですよ」

「なに？　パンだと！」

一同はどよめいた。江原課長がその紙袋をひったくった。

「なにするんです、俺のパン……」

「いいから寄越《よこ》せ。——おい、これに仕込め。急げよ。もう非常階段を下りてくるらしいぞ」

ＳＩＴの担当者が寄ってたかってパンを取り出した。

「ああ……俺のカバパンが……」

担当者たちは紙袋の底に超小型ＧＰＳシールと超小型バッテリーを設置し、紙袋と同じ色のテープをそのうえから貼ると、パンを元通りに入れた。朝彦は担当者たちに、

「なにしてるんです？」

「うるさい！」

「ねえ、那須さん、なにが起きてるんです？　俺のパンなんだから、教えてくれてもいいでしょう？」

「お、おまえはしばらく黙ってろ！」

　那須が怒鳴ったとき、非常階段の重いドアがぎりぎりと開いた。皆に緊張が走った。現れたのは白いワンピースの制服を着た女性と、その首にナイフの刃を押し当てたマスクをした男だった。目が血走っており、ぎょろぎょろと左右を見渡しながらそろそろと歩いている。

「車はどれだ！」

　男の声は裏返っており、ちょっとしたはずみで最悪の展開もありうる、と考えた江原指揮官は、

「そこの黒いクーペだ。これがキーだ」

「よし、ボンネットのうえに置け」

「それで……こ、これがパンだ」

　男は紙袋をひったくると、女の喉《のど》にぴたりとナイフをあてがったまま、じりじりと車の方にあとずさりした。捜査員たちが、どこかに隙があれば飛びかかって……と思っていることはわかっているらしく、まったく隙を見せない。車の運転席側に移動すると、

「全員、頭のうえに手を上げて、向こうを向いて、しゃがめ」

　皆、言われた通りにした。朝彦もそうした。ドアが開く音、閉まる音。そして、エン

ジン音。

「馬鹿どもめ。どうせ小細工してあるんだろう。だれがそんな車乗るかよ。――あばよ」

捨て台詞《ぜりふ》が吐かれた。全員が目を開けて振り返り、黒のクーペを見た。しかし……そこに犯人と人質の姿はなかった。

「き、消えた……」

江原指揮官がつぶやいた瞬間、車が一台猛スピードで走り出した。それは黒のクーペではなく、何台か隣に停めてあった別の白い車だった。

「しまった！　あいつの車だ」

ひとりが拳銃《けんじゅう》をその車に向けた。

「撃っちゃいかん！」

咄嗟《とっさ》に横にいた刑事が銃口を下げさせたが、引き金は引かれ、弾丸が発射されてコンクリートを削った。犯人の車は駐車場の出口から飛び出したが、一階で待ち構えていた捜査員たちは「黒いクーペ」という頭があるのでなにもしなかった。車はあっという間に雨のなかに消えてしまった。たいへんな騒ぎになった。

「すぐに追跡しろ！　ただし、サイレンは鳴らさず、犯人に気づかれるな」

江原はそう叫んだあと、

「車にGPSを仕込んだことを気づかれていたか……」

「心配いりませんよ。Nシステム（自動車ナンバー自動読取装置）もありますし、防犯カメラもあります。それらを解析すればぜったいに見失うことはありません」

しかし、見失ってしまったのである。最初は、多摩《たま》丘陵の方に向かった、という情報もあったが、その後、犯人の車の行方は杳《よう》として知れなかった。Nシステムは主に高速などに設置されており、犯人は高速や国道を通らず、途中から間道へ入ったらしく、データは上がってこなかった。また、防犯カメラや監視カメラは所有者の許可を取ってから解析するのに時間がかかる。

「ああ……大失態だ！　発砲の是非、犯人見失い……また、マスコミに叩《たた》かれる……」

江原捜査一課長は頭を抱えたが、ハッと気づいたように顔を輝かせた。

「そうだ……パンの袋に仕込んだGPSがある！　助かった……すぐに追跡を開始しろ」

GPS発信機の位置情報から、犯人の車は皇居方面に向かっていることがわかった。

「おかしい……多摩丘陵の方に行ったんじゃなかったのか……」

超小型のバッテリーはそれほど長く持たない。じりじりしながら一同は車がどこに行くのかを見守った。

そして、約十五分後、車は移動を停止した。千代田《ちよだ》区の某所である。江原課長は首をひねり、

「案外、近場だな。とにかくぜったいに取り逃がすなよ！」

SITをはじめとして大勢の捜査員が電波の出ている建物に急行した。到着と同時に彼らは呆然《ぼうぜん》として、

「ここって、俺、来たことある」

「俺も……」

　それは、警視庁本庁ビルの斜め向かいにある「シンドローム」という中華料理店だった。

「どういうことだ……」

「わからん……」

「またまた失態の匂いがぷんぷんするぞ……」

「とりあえず取り囲もう……」

　というわけで、皆はその建物を十重《とえ》二十重《はたえ》に囲んだ。そして、選抜された三人が客を装って入店した。三人には那須も含まれていた。

「いらっしゃいませ。お席にご案内しますのでしばらくお待ちください」

　店員が笑顔で迎え入れたが、三人は無言できょろきょろと前後左右を見回しながら通路を進む。困惑した店員が、

「あの……どなたかお探しですか？」

「しっ。静かに」

　そのとき、

「あれっ？　また会いましたね」

　聞き覚えのある声の方を向いた三人は信じられないものを見た。花菱朝彦が四人掛け

テーブルをひとりで占領し、中華丼とレバニラ炒《いた》めを食べていたのだ。

「お、おまえ……なにしてるんだ」

那須が近づいて、小声で言った。

「なにって……晩飯です。さっきのやつ、立てこもり事件だったんですってね。やっとわかりましたよ。あのあと班長に会いにいったら、今日はもう用はないから解散って言われましたので車でここまで来て……」

那須は椅子のうえにぺしゃんこに畳まれた「カバのパン」の紙袋が放り出されていることに気づいた。那須はそれをひったくると、

「おい……これはなんだ！」

「忘れっぽいなあ、那須さん。カバのパンの紙袋ですよ」

「どうしてこれがここにあるんだ」

「俺のパンをあの男に渡そうとしたでしょう？　でも、紙袋が破れかけてたんで、入れ替えてあげたんです」

「入れ替えた？　いつ？」

「犯人と女が地下のドアから出てきたときです。雨が降ってたから、パン屋が予備の紙袋をくれたのを思い出したんで、ちょっと気をきかせて……」

「気をきかせるなーっ！」

那須はあたりをはばからぬ怒鳴り声を上げて、周囲のひんしゅくを買った。

「なにを怒ってるんです？　晩飯、食わないんですか？」

「お、おまえ……自分がなにをやったのかわかってるのか」

「パンを……犯人にあげました」

「ちーがーうー！　この紙袋の底にはな、ＧＰＳ発信機が仕込んであったんだよ！」

「言ってくれればよかったのに！　危うく捨てるところでした」

朝彦は紙袋のなかを調べていたが、

「ほんとだ。ありました！」

そう言って発信機とバッテリーを那須に手渡し、

「セーフ！」

「アウトだ！　この店は捜査員二百人ほどが取り囲んでる。おまえを犯人だと思ってな」

「じゃあ、犯人はどこに行ったんです？」

「知るかーっ！　おまえのせいで取り逃がしちまったんだ！」

大声を連発する那須に店員が近づいてきて、

「お客さま、ほかのお客さまの迷惑になりますので……」

那須は肩を落とした。

◇

その事件は結局、意外な形で結着がついた。犯人と人質を見失ったことで謝罪会見を開いた江原課長は案の定、マスコミの矢面に立たされた。

「逃走用のレンタカーに発信機を仕掛けたのを見破られて、まんまと自分の車での逃走を許してしまったそうですが、それは犯人にからかわれたということでよろしいでしょうか」

「いや……そういうわけではなく……」

「待機していた警察官が犯人に向かって拳銃を発射した、というのは本当でしょうか」

「いや……そういうわけではなく……」

「犯人に発信機を入れたパンの紙袋を手渡すとき、捜査員がべつの紙袋を渡したので、まったく関係のない一般人が警察に取り囲まれて誤認逮捕された、という情報は正しいのでしょうか」

「いや……そういうわけではなく……」

「とにかく、人質は無事なのか、どこにいるのか、という肝心のことについては把握されているのでしょうか」

「いや……それは……」

米つきバッタのように頭を下げまくる江原のまえに一枚のメモがそっと置かれた。そこには「犯人逮捕」と書かれていた。江原は穴が開くほどその文字を見つめたあと、咳《せき》払《ばら》いをして、

「えー……おかげさまでただ今無事犯人を確保いたしました。詳細はおってまた会見を

行います。では、これで……」

江原は会見を打ち切って袖《そで》に引っ込んだ。そこで彼を待っていたのは事件の驚くべき真相だった。

なんと、今回の事件は行き当たりばったりでも自暴自棄でもなく、巧妙に計画されたものだったのだ。借金で首が回らなくなった犯人は、以前から目をつけていた貴金属買取店に押し入り、金目のものを奪ったあと、同じフロアのネットカフェに入り、女性店員を人質にしたが、この女性店員は犯人のかねての知り合い、はっきり言うと愛人だった。示し合わせたふたりは、世間には犯人と人質という関係だと思わせたまま、大金を手に海外逃亡を図ったのだ。間抜けな刑事の親切心による紙袋の交換もあって、追跡を振り切ることにも成功し、貴金属類の換金のだんどりもついており、偽名で航空券やパスポートも確保してある。計画はほぼ成功……と思われたのだが、思わぬ展開があった。

多摩丘陵を抜けようとしていた犯人の車がイノシシに衝突したのだ。イノシシは無傷でそのまま走り去ったが、車は大破し、犯人と人質は大怪我を負った。後続車の通報で駆け付けた警察交通部によってふたりは病院に収容され、事態が明らかになった。

「イノシシのおかげ？　詐欺罪で立てこもり男女逮捕」

翌日、そんな見出しが新聞各紙やニュース番組に躍った。朝彦にはなんのお咎《とが》めもなかった、表向きは……。

（やっぱりあれがとどめを刺したよなあ……）

朝彦は地下に向かうエレベーターのなかで思った。

犯人を逮捕できたのはよかったが、イノシシと衝突したのはただの偶然だから、ひょっとすると逃げられていたかもしれない。謝罪会見まで開いて頭を下げなければならなかった江原課長が怒るのも当然である。朝彦が紙袋を入れ替えたりしなければ、普通に追跡ができて、すんなり逮捕できたのだ。

非番とはいえ刑事はいつ呼び出しがあるかわからない職業だ。それを承知でこの仕事に就いたのだから文句は言えない。それなのに携帯を失くしたのは完全に朝彦のミスである（結局、スマホは警視庁独身寮の彼の部屋の冷蔵庫のなかで発見された）。

などということを考えていると、エレベーターがB3フロアに着いた。どんでん返しになっている壁はすぐにわかった。なにしろ「どんでん返しあり。関係者以外通行不可」と書いた紙が貼ってあるのだ。押してみると壁が半回転した。そこにあった狭い階段を朝彦は地獄へ下りていくような思いで一歩一歩下りていった。

地下四階には「警視兆」という看板が出た店が一軒あるだけだった。暖簾《のれん》もかかっている。

（本当にあったんだ……）

朝彦はネクタイを締め直し、踵《かかと》を合わせると、大声を張り上げた。

「本日よりこちらでお世話になる花菱朝彦と申します！　刑事部割烹《かっぽう》課にただ今着任いたしました！　よろしくお願いいたします！」

なかから落ち着いた紺色の着物を着た上品そうな中年女性が現れた。年齢的にこのひとが女将《おかみ》だろうか。

「そんな大声出さんかて、よーう聞こえてます」

「あ……すいません」

「あんさんのことは聞いてます。さ、入りなはれ」

はんなりとした口調でそう言うと先に立って店に入っていった。拍子抜けした朝彦がついていくと、なかには男性が三名、女性が四名おり、男性は皆、白の割烹着を着ている。朝彦はふたたび上体を十五度曲げて、

「本日よりこちらでお世話になる花菱朝彦と申します！」

女将らしき女性が、

「言うたやろ。大声はあかん。もっと小さい声でしゃべりなはれ」

「これぐらいでしょうか」

「もっと小そうならんか」

「は、はい……では……このくらい……」

「そんなもんでよろし。わてがこの割烹課の課長で『警視兆』の女将を務める森川春江だす。今日からあんさんを預からせていただきます。しっかりやってや」

「はいっ、こちらこそよろしくお願いいたします！」

女将は顔をしかめて、

「すぐにまた大声になる。気ぃつけなはれ」

「すいません……」

「ほんまにドジ坊やな」

「えっ？　もうあだ名をご存じですか？　でも、ドジといってもあのドジではなくて、その……」

「わかってる。わての務めはあんさんを一人前の料理人にすることと、あんさんを一人前の刑事にすることや。預かった以上は厳しくやらせてもらいます」

「は、はい……」

やはり、「一人前の料理人」にならねばならないのか……。朝彦が顔をしかめたのがわかったとみえ、

「料理人が嫌か？」

朝彦は思い切って、

「はい……」

「そやろな。けど、わがままは許されへん。料理人になるか、刑事を辞めるかや。どうする？」

「料理人になります」

それしかないではないか。

「あんさんがなんで料理人を嫌がってるかは知ってる」

「え……」

「けど、あるおひとがどうしてもあんさんを割烹課に配属したい、と言うたんでな……」

だれだ、そんないらんことを言ったやつは……。人事を思うようにできるということは、警視庁でもかなり上層部の人間だろうか……。

「これで全員やないで。五人が用事で出てるさかい全部で十三名……あんさんを入れて十四名や。けっこう大所帯やろ。課員の紹介はあとでするとして、早速割烹着に着替えてもらおか。権助《ごんすけ》ちゃん、面倒見たって」

権助と呼ばれたので落語に出てくるようなむくつけき男かと思いきや、背がすらりと高く、髪はサイドを刈り上げた七三分け、目が大きく、めちゃくちゃ男前だ。

「はい」

男はちらと朝彦を見た。ついてこい、というのだろう。ふたりは厨房《ちゅうぼう》の横にある通路を通ってスタッフの控え室とおぼしき部屋に行った。男女別に分かれているうちの一室に権助は入った。

「俺は荒熊《あらくま》権助だ。これがおまえの割烹着でロッカーはここだ。名前を書いておきたまえ。あとは包丁だが、自前の包丁を買うのはまだ早いな。慣れてきたら俺がかっぱ橋《ばし》に付き添ってやるよ」

「包丁は自腹で買うんですか？」

「そうだ。プロ用はかなり高いぞ」

「うーん……拳銃《けんじゅう》はタダなのに……」

「あれは管理上『貸与』という形にしてあるんだ」

朝彦はスーツの上着を脱いで割烹着を着ながら、

「あの……失礼ですが先輩はどうして割烹課に配属になったんですか？」

「なぜそんなことをきく」

「いや、その……」

荒熊の外見がどう見ても朝彦のようなしくじりをしそうにないからそう質問したのだが、初対面では不躾《ぶしつけ》だったかもしれない。

「もちろんみずから望んで志願したんだ」

「えーっ！」

朝彦は跳び上がるほど驚いた。

「ほかのものもだいたいそうだよ。おまえはちがうのか」

「え？　ええ……まあ……その……」

「おまえの様子を見ていると、この部署に来たことを懲罰かなにかのように思っているようだな。そんなことはないぞ。やりがいのある仕事だよ。やってることは捜査一課の刑事とほとんど変わらない」

「まさか……」

「本当だ。やってみればわかる。それと、森川課長だが……厳しい、気難しいひとのように思っただろう？」

「はい……」

「そんなことはない。明るく楽しい、働きやすい上司だよ。俺たちはあのひとのことを『ささやき女将』と呼んでる」

「さ、ささやき女将！　どうしてですか？」

「これにももちろん理由がある。――さ、行くぞ」

ふたりが店に戻ると、さっきはいなかった老人が椅子に座っており、

「なかなか似合うじゃないか」

朝彦にそう言った。

（えらそうに……だれだ、こいつ？　キャリア組か？　年齢的にはとうに退職しているだろうけど……）

頭髪も眉毛《まゆげ》も髭《ひげ》も真っ白なその老人は品定めするように朝彦を見たあと、

「わしはおまえの父親を知っておるぞ」

「え……」

「花菱昼彦《ひるひこ》……神田《かんだ》の『銭形《ぜにがた》』の板前だったな。若いがいい腕をしていた。修業も順調のようで、わしはたまに食べに行くのを楽しみにしていたのだ……」

朝彦の父親昼彦の無二の親友で警察官になった男が、交番勤務のときに男に襲われ、拳銃を強奪されて殺害された。しかも、その拳銃がその後に起きた怨恨《えんこん》がらみの殺人に

使われた。マスコミや遺族は警察の拳銃管理の甘さをこぞって非難した。捜査一課は犯人の行方を追ったが、杳《よう》として知れない。そこで、昼彦は板前を辞め、刑事になる決意をしたのだ。二十五歳のときに警察官採用試験を受け、二十八のときに念願の刑事になった。そして、親友を殺した犯人を見事逮捕したのだが、拳銃は所持しておらず、それがどこにあるかは口を割らなかった。

「足がつかないように売っちまったよ」

犯人はそううそぶいた。

大手柄で皆からほめそやされた昼彦だが、料理人の夢をあきらめた自分に引け目を感じていた彼は、自分の息子を料理人にしようとした。幼いころから英才教育をほどこし、食材の選び方や味付けの微妙な善し悪しなどについて徹底的に教え込んだ。これは、と思った店には母親とともにかならず連れていって、一緒に味わわせた。でも、それは楽しい時間ではなかった。

「この出汁《だし》は最高級の出汁昆布と鰹節《かつおぶし》が使われているが、隠し味になにが使われているかわかるか」

「わからない」

「なぜわからない。まえに教えただろう。出汁じゃこがほんの少し、それも、魚臭さが出ない程度に加えてある。板さん、そうだね？」

「さすがご主人、いい舌してますね」

朝彦はそういう会話がたまらなく嫌だった。また、昼彦は息子に魯《ろ》山人《さんじん》や池波正太郎《いけなみしょうたろう》などのグルメ本、マンガなら「包丁人味平《あじへい》」「美味《おい》しんぼ」「ミスター味っ子」などを全巻与えて熟読させた。しかし、包丁の使い方や鍋《なべ》の振り方、出汁の取り方などの技術は教えなかった。

「技術は今から覚えると変な癖がつく。店に入ってから先輩にきっちり教えてもらえ」

「俺は料理人なんかになりたくないんだ。刑事になりたいんだ」

話はいつも平行線をたどり、議論が高じてつかみ合いの喧嘩《けんか》になることもしばしばだったが、朝彦はとうとう警察官になり、警察学校に入学した。祝いに、と寿司《すし》をおごってくれた昼彦は蘊蓄《うんちく》を口にすることなく、ただ美味《うま》そうに寿司を食べ、にこにこ笑っていた。

「俺が警官になったこと、喜んでくれてるの？」

「当たり前だろ。おまえの人生だ。おまえの好きなように生きろ。俺がいくらおまえをレールに乗せようとしても、おまえが乗らないんだからしかたない。自分の敷いたレールのうえを思いっきり走れ」

「ごめん……」

「警官になっても刑事になるのはなかなかむずかしいぞ。立派な刑事になれよ」

事件はその半年後に起こった。自然災害へのチャリティイベントがあり、近くの交番に勤務していた朝彦は警備の手伝いに駆り出された。ちょうどお昼どきだったが、近所に食事できるような場所がないため、芸能人たちがボランティアで料理を作り、それを参加者に無料でふるまっていた。メニューは豚汁と熱々ご飯、ソース焼きそば、ホットサンド、手打ちうどんなどで、なかには「あいつらは売名でやってるんだよ」などと陰口を叩《たた》くものもいたが、ほとんどの客は美味しそうに食べていた。

朝彦も腹が減っていたので食べたかったが、勤務中なのでそんなことをしたら免職である。すると、列に並んでいる男女のなかに意外な顔を見つけた。父親の昼彦である。朝彦は今、警視庁の独身寮に入っているから会うのは久しぶりだ。

「父さん、なにしてるんだ」

「見りゃわかるだろ。焼きそばを食べようと思ってな」

昼彦は照れたように言った。

「仕事はどうしたのさ」

「今日は非番だ。おまえはしっかり務めを果たせよ」

朝彦は舌打ちをして父親のもとを離れたが、なんとなくほっこりした気分でもあった。あちこちから漂ってくる「いい匂い攻撃」をかわし、空腹をじっと我慢しながら展示物の間をぶらぶら歩く。

裏手に回ると、すでに調理が終わっていて、お代わりとして出されるはずの料理が入った大きな寸胴鍋《ずんどうなべ》がいくつも置いてあった。なにげなくそこを行き過ぎたとき、男がその陰にそっと隠れるのを目撃した。朝彦は男にまっすぐに近付き、警察手帳を見せたあ

と、

「私は警察官ですが、ここでなにをしておられるのですか」

男はしゃがんだまま朝彦をにらみつけ、

「なにもしとらん」

「缶を手に持っておられますね。こちらに渡してもらっていいですか」

「おまえになんの権利があるんだ」

「一般市民の安全のためです」

「はははははは……」

男は立ち上がると、持っていた缶をその場に落とし、蹴飛《けと》ばした。そこには朝彦が研修で習った農薬の名前が書かれていた。

「あなた……農薬を入れましたね？　どうしてそんなことを……」

「このイベントに集まる連中、みんな嫌いなんだよ。まえに最悪な目に遭ったことがあった。だから毒を入れた。売名芸能人がふるまってくれるタダの飯……そこに毒が入ってるなんて思わないだろうからな。いっぱい死んでくれたらうれしい」

「逮捕する」

「死ね」

男が取り出したのは拳銃《けんじゅう》だった。見た瞬間、朝彦は飛び退《の》いた。突然、吐きそうになった。要するに「ひるんだ」のだろう。空気が焼け焦げるような緊張感のなか、男は朝彦に向けて一発発射した。弾は当たらなかった。朝彦は自分でもびっくりするぐらい動転して、四《よ》つん這《ば》いで後退した。

男から身を隠し、昼彦のところに行った。状況を報告すると昼彦はうなずいて、

「おまえは上司に状況を報告しろ。あと、参加者と主催者の安全を確保するんだ」

「父さんは？」

「やるべきことをやる」

朝彦は電話で上司である地域安全対策係の担当係長に報告した。しばらくしてサイレンの音が多数聞こえてきた。機動隊と刑事たちが到着したのだ。

「犯人はどこだ」

「あそこです。拳銃を所持しています。非番だった花菱昼彦刑事が説得を試みようとしています」

朝彦が彼らに説明しているその間に昼彦は犯人に近づいていった。

「おまえはそこの寸胴鍋全部に毒を入れたのか」

「ああ、そうだよ」

「目的はなんだ」

「べつにねえよ。強いて言えば、災害で得をする連中をひとりでも多く殺したい……それだけだ」

「おまえがこのイベントで以前にどういう目にあったか、それは知らん。しかし、せっ

かくの料理をめちゃくちゃにしたことは許せない」

「せっかくの料理？　ははは……こんなものは『料理』じゃねえ。芸能人がおちゃらけて適当に作ったもんだ。レトルトかもしれん。どうせ美味くねえ。ゴミだ。それをみんなが美味い美味いっていってありがたがって食うのさ」

どうやら「最悪な目に遭ったことがある」というのはそのあたりに関係がありそうだ。

「食いものなんてもんは、美味いかまずいかなんてどうでもいいのさ。栄養さえ取ればいい。ただの餌だ。人間を生かすための餌なんだ。美味いとかまずいとかゴタクを並べられるのは料亭で一食何万もするメシをタダで食える役人だけだ。戦争の当事国を見てみろ。おかゆも満足に食べられずに餓死する子どもがどれだけいると思う」

「おまえの言うとおりだが、おまえは大勢が喜ぶはずの料理で殺人をはかった」

「そうだよ。今の世界、めちゃくちゃじゃないか。この国では毎日膨大な量の食い残しが飲食店から捨てられている。年間百二十万トンだそうだ。コンビニでもスーパーでも、賞味期限が来たものはバイトがどしどし捨てている。世界じゃあ子どもも大人も飢えている国があるっていうのによ。食いものなんか、なにを使ってどんな仕立てをしようが結局はゴミじゃあねえか」

「…………」

「テレビをつけりゃあフードファイターとかいう連中が、何十人前食ったとか食わないとかいって点数を競ってる。食いものをおもちゃにしてるんだ。くそったれめが」

「くそったれはおまえだ。おまえが毒を入れた料理はな、芸能人たちがボランティアで集まって、食材も吟味して、安くて美味いものを集めた。料理の腕も半端じゃない。焼きそばは、去年も俺は食べたが、麺《めん》は歯ごたえがあり、キャベツはしゃきしゃきに仕上がっている。ソースも何種類か混ぜているようだ。豚汁もごぼう、モヤシ、大根、ニンジン、油揚げ……素材は吟味されているし、コクのある味噌《みそ》を使って薄味に仕立ててある。そこらの料亭で出したらけっこうな値段を取られるしろものだ。これがタダとは信じられない。芸能人の売名行為なんかじゃない。このひとたち、美味いものをみんなにふるまおうと必死でがんばっている。それをおまえは台無しにしたんだ」

「お、俺は……食いものを粗末にする世の中に抗議するためにやったんだ」

「主張は正しいが、やり方がまちがっていた。——今ならまだやり直せる。さあ……拳銃をこっちに渡せ」

男は昼彦に拳銃を向け、そして撃った。昼彦は胸を押さえて倒れた。朝彦は、

「父さん……！」

と叫んで駆け寄ろうとしたが、大勢の刑事や機動隊員がものすごい速さで彼を追い越していった。彼らは一斉に犯人に飛びかかり、犯人はすぐに確保された。昼彦は担架で運ばれていった。朝彦は救急車に同乗したかったが、犯人の第一発見者としてここでやるべきことが残っていた。朝彦は、どうか助かりますように……と心のなかで祈った。

しかし、病院に駆けつけた母親から、昼彦が死んだという連絡が来た。

あとのことは夢を見ていたようであんまり覚えていない。記憶は、数日後の家族葬の場面にポーンと飛ぶ。お坊さんが読経《どきょう》しているすぐ後ろで、母親が朝彦に、

「おまえには刑事になんかなってほしくない。もっと安全な部署で仕事をしてほしい」

何度もそう言った。しかし、朝彦は刑事になり、そして……今やわけのわからないことになっている。親不孝と言われても仕方がない。「自分の敷いたレールのうえを思いっきり走れ」と昼彦と約束したのだ。でも、そのレールからも外れかけているような気もする……。

逮捕された男は、以前にこのイベントに参加したとき、職を失っていて、家族にも食わせてやろう……と豚汁と飯を二人分ずつ取ったら、それを見た参加者たちに、

「ルール違反だ！」

と引きずり出され、ぼこぼこにされ、豚汁と飯をぶっかけられたのだそうだ。それで、復讐《ふくしゅう》を企んだのだという。朝彦はその不寛容さに暗然としたが、やった方にも言い分があった。たとえばホットサンドなどを何度も列に並んで複数個入手して、冷凍してネットオークションで高く売る連中があとを絶たないらしい。味など関係ない。売る者も買う者も「あの芸能人が作った料理」だから価値があると思っている。彼らは自然災害の被災地の炊き出しなどではそういうことを繰り返しているらしい。

この事件が朝彦を、食通ぶる連中、料理をないがしろにする連中、どちらも嫌いな人間にした。

　そして、もうひとつ……驚くべきことがわかった。犯人は拳銃をネットで入手したのだが、その銃こそ昼彦の親友を殺して奪ったあの拳銃だったのだ。線条痕《せんじょうこん》と拳銃番号などが一致したので間違いないという……。

「……だから、わしはおまえをこの部署に推薦したのだ。わしはおまえの料理や食品に対する姿勢を高く評価しておる」

　目のまえの老人は、朝彦を回想から現実に引き戻した。

「爺《じい》さん、あんたがだれだか知らないが、『高く評価』なんかしてもらわなくていい。ほっといてくれ」

「爺さんだと？」

「爺さんに爺さんと言ったら悪いか」

　はらはらして成り行きを見守っていた森川課長が、

「あんさん、このひと、どこのどなたか知ってますのか？」

「知りません。でも、定年退職した爺さんに点数をつけられる覚えはありません」

「アホ！　ほんまにあんたはアホやで。このおひとは……揚巻竜五郎《あげまきりょうごろう》はんや！」

「誰です、それ」

「『警視庁の助六《すけろく》』を知らんのかいな！」

「し、知りません……」

　老人は不気味に笑って、

「わしももう引退だな。もう名前を知っているものも少ないようだ。悪い連中はわしの名を聞いたら震え上がったものだが……」

森川は朝彦にささやくように言った。

「このお方は警視総監や」

「えーっ！　先代の、ですか？」

「先々代のや。あんたも歴代の警視総監の名前ぐらい覚えとき！　けど、まだ退職はしてはらへん。今は刑事部相談役として警視庁に残ってはる。現役ばりばりのお方やで」

「しぇーっ！」

そう言われると、たしか警視庁が大きな事件に直面して失態を覚悟するたびに、陣頭指揮をしてそれを救った熱血の警視総監がいた、と聞いたことがある。「六度、警視庁の危機を助けた」というので「警視庁の助六」とあだ名されていたという。もちろん朝彦が警視庁の一員となるよりずーっとずーっとまえの話だ。それがこのひと……。

「ほんまにあんさんはドジ坊やなあ。警視総監を爺さんやなんて……」

「す、すいません。では、『お』をつけてお爺さん……」

それを聞いた老人はたまらずプーッと噴き出した。森川課長が、

「あんさん、なにを言うとるのや。――揚巻先生、申し訳おまへん。この子はドジ坊と呼ばれてるほどのドジっ子で……」

「知っておる。ラーメン屋の件だろう」

なんで知っているのだ……。

「わしは、あの店でおまえのやったことが間違っていたとは思うておらぬぞ」

え……？

「おまえの先輩は、椅子を蹴倒《けたお》し、食器を割り、調味料を床に落とし、ラーメンの汁をあたりにぶちまけた。食事中に泥棒を見かけたからといって、刑事がなにをしてもよい、というわけではない。店やほかの客に迷惑をかけるのはさけねばならん。おまえの先輩の行動が正しかったとしても、おまえの行動が間違っていたとは思わん」

「どうしてまるで見ていたようにおっしゃるのです？」

「見ていたのだ。わしもあのとき店にいた。タンメンを食うていたのだ」

「あっ……」

朝彦は自分たち以外にあの店にいた客のことを思い出した。

「それに、宴会のときのことも、わしはおまえが悪いとは思わぬ」

これも、どうして知っている……。

「雲山くんは、時間が経ったてんぷらがぐにゃぐにゃになってしまった、と言って料理長を責めた。しかし、それは神田理事官の指示だったことがわかった。神田くんは雲山くんを叱り、料理長に対して謝らせたが、その際に『てんぷらが冷めてぐにゃぐにゃになったぐらいいいじゃないか。どうせ飲み始めたらそんなことはどうでもよくなる』と言った。おまえはその発言を咎《とが》め、神田理事官をして料理長に謝らせた。一部ではそれが問題になり、おまえのことを身の程知らず、でしゃばり、上司に対する尊敬がない、常識に欠けるなどと非難するものもいたが、わしはおまえのおかげであの場が中途半端にならず、きちんと決着した、と思うておる。おまえは料理人の気持ちを代弁したのだ」

「どうしてそこまでご存じなんです？」

「これもわしは見ていた。いちばん上座に座っていたのだ。そもそもあの宴会の軍資金を出したのはわしだ」

「えーっ！」

「それと……先日のパンの紙袋の件だが……」

あれはさすがに言い訳はできないぐらいのドジだった……。

「あれもわしはおまえが一概に悪いとは思えん。携帯電話を失くしたのはたしかにおまえの失態だが、事情のわかっていないおまえになにも説明せず、パンをひったくったそうだな。雨が降っていて紙袋が破れそうになっていたから別の紙袋に入れ替えた、というのはなぜだね」

「だれに渡すつもりなのかしらないけど、パンが破れ目から転げ出て地面に落ちたりしたら、そのひとが困るだろう、と思ったのです」

「つまり、食品を大事にしたい気持ちと食べる人間のことを考えての行動だったのだな」

「そんなたいそうなものではありません。もしかしたらあの現場にもおられたのですか」

「もちろんだ。わしは刑事部相談役だ。ＳＩＴの出動時にはかならず出向いておるよ」

「はー、行動力のすごい爺さん、いや、お爺さん、いや、元総監……」

「相談役と呼べ」

「相談役……」

なんとなくしっくりこない。助六爺さんの方がずっといい。

「よいか、花菱。わしはおまえが割烹《かっぽう》課の戦力になりうる人材だと思うて推挙したのだ。当分割烹課の世話になり、森川の下で働き、捜査に貢献するのだ。わかったか」

「はい……」

なんの説得力もない言葉だったが、朝彦に選択の余地はなかった。嫌だと言ったら警察官ではいられなくなるのだ。

「あのー……相談役」

「まだききたいことがあるのか」

「はい……。この警視庁刑事部割烹課はいつごろ設立されたのですか？」

「なかなかいい質問だ」

「ありがとうございます」

「だが……わからんのだ」

「は？」

「割烹課がいつ設立されたのかは記録が残っていない。戦後すぐにGHQによって作られた、というものもおるし、戦前からあった、というものもおる。明治七年、川路利良《かわじとしよし》によってその土台が形作られたというものもおるが、それよりもまだ古い、という説もある。つまり警視庁よりも割烹課の方が古いというのだ」

「そんなはずはないでしょう。卵が先かニワトリが先か、みたいな話ですね」

「つまり、割烹『警視兆』は警視庁よりもまえからあった……かもしれないとも言われている。とにかく秘密裡《ひみつり》に運営されていたのだ。現在の警視庁は、割烹をもとにして設立されたという学者もおる」

警視庁が割烹をもとに設立……そんなはずないやろ！　と朝彦は心のなかで怒鳴った。

「とにかくおまえは、割烹課七十五年だか百年だか百五十年だかの歴史に恥じぬようしっかり働くのだ。――よいな」

「はあ……」

朝彦はよくわからないまま上体を十五度曲げた。

◇

その日から朝彦の「刑事部割烹課」での勤務がはじまった。で、なにをするのかと言えば……板前としての修業であった。警察官らしい訓練などは皆無で、権助先輩やささやき女将《おかみ》の指導のもと、最初はひたすら店の掃除や洗いものをする日々であった。次第に包丁の研ぎ方、野菜の切り方、出汁《だし》の取り方、魚のさばき方、米の炊き方……などを来る日も来る日も来る日も来る日も練習した。おかげで数ヵ月後には板前に必要な知識と技術がある程度身についた。権助先輩にかっぱ橋について来てもらって自分用に包丁も購入した。

「あれ？　これって穴があいてませんね」

「あのなあ、おまえはなにも知らないんだな。ああいうのは洋包丁で、諸刃《もろは》なんだ。和包丁は片側にしか刃がない。おまえはとりあえず出刃包丁、刺身包丁、薄刃包丁の三種類を揃えろ」

権助が選んだ三本の包丁は（朝彦の薄給では）びっくりするほど高額で、五万、十万はざらだった。なかには二十万以上するものもあり、朝彦は腰を抜かしそうになった。

（百均にもあるのに……）

朝彦は貯金を下ろし、泣きながら支払った。たしかに百円ではない高価な包丁はよく切れた。しかし、そういう包丁も研ぎ方がまずいと切れなくなる、ということも朝彦は知った。朝彦が大根の桂剝《む》き（大根やニンジンなど円柱形のものをくるくる回しながら薄く剝いていく）をしているところに森川課長が近づいてきて、

「なかなかええ手つきになってきたやないの、ドジ坊。さすがに飲み込みがええなあ」

なにもうれしくはない。そういうことをしないために彼は警視庁に入ったのだから……

…と思いつつも、なんとなくほめられると人間はうれしくなるものである。

一緒に働いているのは権助と塙団吾《はなわだんご》、佐賀眠太郎《さがみんたろう》、海原《かいばら》メモル、曲淵美知恵《まがりぶちみちえ》、三筋蜜子《みすじみつこ》、南島《みなみじま》ひかるの七人で、佐賀眠太郎が花板である。男性も女性も、調理もすれば洗い

ものもする、盛り付けもすれば接客もする……という感じで、そのあたりが一般の料亭とは違っている。しかし、もちろん朝彦はまだ客に出すものを作らせてはもらえない。練習、稽古《けいこ》、修業……それを徹底的にやる。ほかに五人のメンバーがいるらしいが、まだお目にかかったことはない。どこかの料亭に出向いているらしい。

（どうして警察官がよその料亭で仕事しなくちゃいけないんだ……）

朝彦は疑問に思ったが、これから朝彦がこの割烹課でなにをすることになるのかだれも教えてくれないのだ。

たまに割烹『警視兆』に客が来るときがある。たいがいは警察庁か警視庁上層部のだれかである。一般の客はたとえ政財界の大物でも芸能人でも来たことはない。

「どうしてここは警察関係者しか来ないんですか？」

森川課長に朝彦が質問すると、

「わてらは『秘密組織』なんや。警視庁割烹課なんか存在せんことになってる。組織図にも載ってない。あんたもここに来るまで、こんな部署があるやなんて知らんかったやろ」

「はい。――どうして秘密なんですか？」

「顔バレしたらまずいさかいや。あんたは警察官名簿には『出向』とだけなってて、どこに出向してるかは書いてない。ほかのメンバーも同様や。せやからよそであんたがどこでなにをしてるかはぜったい言うたらあかんで」

「家族にも、ですか」

「もちろん」

納得はせぬまま朝彦はうなずいた。

客のなかにはみずから包丁を取るものもいる。最高の食材、最高の道具、最高の調理環境で料理をし、それをひとにふるまうのが好きなのだ。そして、自慢話をはじめる。

「フランス料理のシェフに食べさせたら、目を丸くして『トレビアン！』と言っていたよ」

「本職の板前と刺身を作る勝負をしたら、私の方に点が入ったね」

「出汁を取るときは命がけでやらないと……息を詰めて、ここぞという瞬間を見極めるんだ」

朝彦は苦々し気にそれを聞き流す。

また、なかには朝彦の大っ嫌いな蘊蓄《うんちく》を傾けるものもいる。ひとの料理にケチをつけまくるのだが、三つ星シェフのことはほめちぎるのである。わかりやすいといえばわかりやすい。

「自分で作る？　私はそんなことはしないよ。熟練した料理人が最高の食材を料理してくれる。私はお金を出してそれを味わう。それがベストじゃないかな」

「家庭で毎日作られている料理はどうなんです」

「あんなものは料理とはいえない。ただのエサだ。安い材料、腕のない料理人、切れない包丁、火力の弱いコンロ……テレビやスマホを観ながらの食事。熱いものは熱いうちに、冷たいものは冷たいうちに食べてやらないと料理人がかわいそうだろう」

「じゃあ、家でも料理に文句を言うんですか？」

「もちろん。言ってやらないと作り手にはわからないからね。そのひとのためになるんだよ」

相手が警察幹部とはいえ何度かブチ切れそうになったが、そこで客を怒らせたりすることは厳禁である。

「お客さんが最後の最後まで気ぃ良う帰ってもらえるようにするのがわてらの仕事やで」

森川課長がそう言った。それは少なくとも「警察官の仕事」ではないような気がしたが、朝彦は命令を遵守するよう努力した。

割烹課に配属になって一年ほどしたとき、森川課長が言った。

「そろそろ調理師免許取ってもらおか」

いよいよ本格的な料理人になってしまうのではないか、という気がしてきた。

「ぜったい一回で合格するのやで」

「はあ……」

「それとふぐ取扱責任者免許も取ってもらおか」

たまりかねて朝彦は言った。

「どうして警察官がフグの免許を取らないといけないんです！」

「うちは警察やけど、お客に料理を出してる以上、客の安全を守らなあかんやろ。そのためには知識も技術も資格も必要なんや」

それから朝彦は、先輩たちの指導のもと、冷凍フグを捌《さば》き、てっさ（フグ刺）を引く技術を学んだ。

非番の日、朝彦は高校のクラスメイトである鬼瓦《おにがわら》トリルと食事をした。食事といってもラーメンとライスである。トリルはこういうときに炭水化物ばっかりとか文句を言わない。なんでもパクパク食べる。朝彦はチャーシューメンを、トリルはわかめラーメンを注文し、ライス、漬けものと一緒に満喫した。

「というような感じなんだ。いつまでもこのままだったら、俺にはとても務まらないよ。といって、この修業を辞めると、刑事には戻れないし……」

朝彦が言うとトリルは笑って、

「家族にも言っちゃいけないことを私にしゃべってもいいの？」

「いいんじゃないかな。どうせ本気じゃないだろ、そんなルール」

「あのさあ、朝彦はけっこう料理のセンスあると思うよ」

「どうしてわかる」

「まえに遊びに行ったとき、ホットケーキ焼いてくれたでしょ。あれがかなり美味《うま》かった」

「そうかな……」

よく覚えているな、と朝彦は思った。朝彦の方はすっかり忘れている。

「ふわふわだったし、最後に粉砂糖振ってくれたのもよかった。とにかく警察がなに考えてるのかはわかんないけど、しばらくは我慢して付き合ってあげたら？　向こうも無駄に給料払ってるはずないから」

「うーん……」

たしかにそのとおりで、遊びに金を使っているとは考えられない。なにか意図があるのだろう。そう思って朝彦はちょっと気持ちが楽になり、スープを全部飲み干した。

調理師免許もふぐ取扱責任者免許もゲットした朝彦だが、まだ客に出す料理は作らせてもらえなかった。

そんなある日、「警視兆」に一本の電話が入った。たまたま朝彦がそれを取った。相手はかつての上司上手茂明管理官だった。

「どうかね、修業の方は？」

訓練と言わず修業という言葉を使うのは警視庁広しといえどこの部署だけだろう。

「なんとかやっています」

「それならいい。――課長に代わってもらえないか」

朝彦が森川課長に電話を代わると、

「はいはい……ああ、その件聞いてます。やっぱりうちにお鉢が回ってきましたか。よろしゅおます。お引き受けいたします。――そろそろドジ坊にも出番をあげようかと思てますのやが。なかなかええ腕になってきました。使いもんになると思いまっせ」

自分の名前が出たので朝彦は興味津々でささやき女将《おかみ》を見た。

（とうとう俺が客の料理を作る日が来たか……）

しかし、課長はなにも説明せず、

「ジョーズさんのところへ行ってきて」

「あの……なにをしに」

「行ったらわかるわ」

朝彦は久しぶりに上手管理官のところに出向いた。管理官は分厚い封筒を朝彦に渡し、

「これを森川課長に渡してくれたまえ。割烹《かっぽう》課としてのはじめての仕事、期待しているよ」

「は、はい……」

森川課長は、戻ってきた朝彦と荒熊権助をまえにして、

「事件や。さっき捜査一課からうちが正式に捜査を引き継いだ。ふたりにはこの事件を捜査してもらうで」

「えっ……」

料理を作るのだとばかり思っていた朝彦は絶句したが、権助はにやりとわらって、

「これが俺たちの本業だ」

「じゃあ、捜査課と同じじゃないですか！」

森川課長はかぶりを振って、

「そやない。あんたらにやってもらうのは『潜入捜査』や」

「え……？」

森川は書類をまえに放り出し、

「あとで読んどいてもらうけど、事件の概要を言うとくわ。何カ月かまえにフグ料理店で国会議員の玉置《たまき》千兵衛《せんべえ》が死亡したのは知ってるな？」

権助はうなずいたが、朝彦はかぶりを振った。権助が、

「たしか永田町《ながたちょう》にある『フグ大王《だいおう》』とかいう店だったと思いますが……」

「そやねん。東京でも指折りの高級店や。ひとり六万ぐらいするやろな」

「ろーくーまーんーっ！」

朝彦は大声を上げた。

「死因はフグ毒の中毒やった。当然、調理ミスが疑われ、板前の踊谷《おどりだに》という男が逮捕されたけど、取り調べを受けた踊谷はそれを強く否定した」

「なるほど……。同席していたのはだれですか」

「国会議員の伴野《ばんの》浩一郎《こういちろう》で、あと伴野の秘書の佐竹《さたけ》博則《ひろのり》と玉置千兵衛の秘書秋野《あきの》芳子《よしこ》がいた。この四名だけや。もし、鍋《なべ》に毒を入れたとしたら、伴野か佐竹、秋野の三人しかおらん」

「高級料亭では、仲居なんかが取り分けることの方が多いのでは？」

「そやけど、玉置を招待した伴野は『鍋をつつき合うことで気心が知れる』という主義やったらしゅうて、鍋は自分で作ってたし、取り分けるのも秘書にやらせてたらしい。密談を聞かれとうない、ゆう意味もあったやろけどな」

権助が、

「料理人や仲居が毒を入れていたとしたら、同席者も死んでいるはず。どうやって玉置だけに毒を入れられたのでしょう。入れたとしたら、伴野か秘書の佐竹と秋野以外には考えられませんね」

会話が途切れたので、ここはなにか言わねば、と思った朝彦が、

「玉置と伴野は何を話し合っていたのでしょうか」

ふたりがぎょっとした顔でこちらを見たので、またなにか失言したかと思ったが、なにが悪かったのかがわからない。権助が肩をすくめて、

「おまえ……ニュースとか新聞とか見てないのか。ひっくり返るような大騒ぎになっているぞ」

「見てない……ことはないですが……」

「玉置は最大野党『金科玉条党《きんかぎょくじょうとう》』の党首だ。伴野は与党『児遊飲酒党《じゆういんしゅとう》』の大物で官房長官を務めたこともある。今、金科玉条党と与党は、総理が建設を主導していた巨大テーマパーク『江戸《えど》明治大正昭和グランドパーク』の土地買収や宣伝広告、工事発注……などに関して、暴力団『鈴虫《すずむし》組』の関与が認められ、その暴力団から総理の後援会に多額

の寄付があった問題で連日大激論を交わしている最中だ。玉置の方が資料を揃えている
し弁もたつ。野党の方が優勢というのが大方の見方だ。下手をすると、つぎの総選挙で
児飲党は大敗するかもしれない。毎日報道されているだろう?」
「そ、そうでしたっけ。ということは、伴野と玉置は敵同士……」
「そうだ。国会での議論のまえにふたりだけで会って話をして、落としどころを見つけ
ようとしたんだろう。でも、マスコミは一切シャットアウトしての話し合いだったらし
い」
「大事件じゃないですか。もし、玉置が死んだらどうなります?」
「国会での質問はだれかが代わりに行わなければならない。与党の思いのままになるだ
ろうな」
「伴野は玉置が死んで万々歳ってわけですか」
やっとわかったのかという顔で森川課長は、
「密室で最大野党のトップがフグ毒で死んだ。その場にいたのは敵対する与党の大臣と
秘書。毒をいれたのはそのふたり以外に考えられん。でもふたりとも否認してる。そん
なあからさまなことをするわけがない、言うてな。それに、玉置の秘書の秋野芳子の容
疑も晴れたわけやない。買収された可能性もなきにしもあらずや」
玉置と伴野の会話は、
「今日は他人をまじえず国会ではできない話をしましょう」

「そうですな。対立のための対立が長引くと、困るのは国民です」

と最初は和気あいあいの雰囲気ではじまったらしいが、煮凝《にこご》りを肴《さかな》にビールを飲みはじめると、ふたりともやや声が大きくなり、内容がエスカレートしていったようだ。伴野が、

「総理だってつらいんだよ。『江戸明治大正昭和グランドパーク』はなにがあっても完成させなきゃならん。歴代首相の悲願だ」

「あなた方は数の力で我々に勝てばいいのではなく、国民ひとりひとりを納得させなきゃならんのですよ。それが政治家というものでしょう」

「馬鹿を言っちゃいかんよ。我々は国民の代表なんだ。我々が納得したら、それが国民が納得した、ということだ」

「我々は納得していない。多数決で押し切られただけだ」

「それが民主主義というものだ」

「ちがう。多数決というのは……」

ふたりは口角泡を飛ばしながら意見を主張し合い、料理もたくさん食べた。

そこまで言って、玉置はてっさを小皿のポン酢につけ、口に入れ、ビールを一気に飲み干した。そして、またしばらく唾を飛ばしながらしゃべっていたが、急に無言になった。

朝彦は、

「料理はどういう順番に出たんですか？」

森川は事件のあらましをざっと説明した。

「まず、フグの煮凝りとてっさ（フグ刺）とポン酢を入れた小皿、ひれ酒を持っていったそうや。そのあと焼き白子、フグの唐揚げ、最後にてっちり（フグ鍋）、締めの雑炊、フルーツ、アイスクリーム……いうだんどりやった……」

しかし、四人でフルーツまで堪能《たんのう》した段階で玉置が議論を再開し、伴野も受けて立つ形で延々と激論が続いたらしい。両者一歩も引くことなく、結局落としどころは見つからなかったのであとは国会で……ということになったのはそのあと三時間以上経ってからだった。やっと締めのアイスが出て、お開きになった。

フグ大王は永田町の表通りと裏通りに挟まれた狭い路地裏にある。伴野の迎えの車が表通りに着いた、と連絡があったので、伴野と佐竹は社長の大久保《おおくぼ》と仲居の鞠山《まりやま》の見送りを受けて先に帰った。そのあと、玉置の迎えの車が裏通りに到着した、と連絡があったので、玉置と秋野は板前の踊谷とともにそちらに向かった。

異変はその直後に起きた。玉置が秋野に、

「なんだか……ちょっとおかしいな」

「どうかなさいましたか」

「うーん……唇が……ぴりぴりしびれる……ような気がする……」

秋野が蒼白《そうはく》になった。

「きみはなんともないか……？」

「は、はい、私はなんとも……」

踊谷が、

「万が一ということがある。フグ毒中毒は一刻を争います。救急車を呼んだ方がいい。迎えの車の運転手にも来てもらいましょう」

「わ、わかりました。あなたは先生を頼みます」

秋野は携帯で一一九番しながら裏通りまで走り出て、運転手の手を引いて戻ってきた。

玉置は地面に横たわっていた。

「先生……先生！　大丈夫ですか！」

玉置は手足を痙攣《けいれん》させている。わけのわからないことを叫び、なにかを言おうとしているようだが、声が出ない……そんな風に見えたらしい。やがて、十分ほどのちに救急車が到着した……。

フグ毒と聞いて、朝彦は震え上がらざるをえなかった。というのは一時期彼は、ふぐ取扱責任者免許を取るためにずっとフグについて調べていたので、フグ毒の恐ろしさは身に染みていたのだ。フグの毒というのはテトロドトキシンで、青酸カリの千倍以上の強さがある猛毒である。その肝臓、卵巣、腸だけでなく、フグの種類によっては皮や筋肉にも含まれているので、調理の際はそれらを取り除かなければ、食べたら数時間で死んでしまう。テトロドトキシンはいくら加熱してもほとんど壊れないのだ。トラフグ一四の毒で十人以上が死に至るという。朝彦は当然そういうことは知っている。

フグ毒を口にすると、最初、口、唇、舌などがしびれだし、しびれは手足に広がって、知覚、言葉が麻痺《まひ》し、呼吸に障害が現れて、声を出そうとしても言葉が出ず、ついには意識不明になって死亡する。テトロドトキシン中毒の場合は死の直前まで意識ははっきりしているから、玉置は救急車のなかで、

「……に、はめられた」

と言っていたらしいが、「……」の部分は聞き取れなかったそうだ。そして、病院に着くまでのあいだに玉置は死亡した。

玉置だけでなく伴野もさかんに飲み食いしたし、おまえたちも遠慮せず食べろ、とふたりがうながすので秘書たちも食べ、かつ飲んだらしい。しかし、ほかの三人はなんともなかった。朝彦が、

「料理を運んだのは仲居ですか？」

「仲居の鞠山かれんと板前の踊谷圭吾《けいご》のふたりや。最初に板前がコースの説明を全部して、あとは伴野が仲居を呼ぶまでつぎの料理は出さん、というのが約束ごとやったそうや」

権助は、

「じゃあやっぱり板前か仲居がこっそり玉置の小皿にだけ毒を入れたのでしょう」

「ところがやな、玉置の秘書の秋野芳子はずっと料理を運んできた板前や仲居の手もと、

それに伴野と佐竹の手もとをじーっと観察してたけど、それらしいふるまいはなかった、て断言しとるのや」

「毒を入れられるかもしれない、と警戒していたということですね」

「たぶんどちらの代議士の秘書も、相手がなにかするんやないかとじろじろ見張りおうてたのやろな」

とにかく少しでも変な動きをしたら料理をひっくり返してやろうと思って、注視していたらしい。それだけ互いに疑っていたのだろう。しかも、科捜研が調べても、煮凝り、フグ鍋《なべ》、てっさ、唐揚げ、焼きフグ、焼き白子、飲み物、フルーツ、ポン酢、雑炊、アイス……などいずれからも毒は見つからなかったのだ。

朝彦が、

「じゃあ、玉置はいつ、どこでフグ毒を口にしたんです？」

「それがわからんから、捜査一課もお手上げになったんや。伴野、佐竹、秋野の三人はそれぞれがそれぞれを見張っていたようなもんやからアリバイがある。料理にも飲み物にも毒は入っていなかった。玉置の唇が痺《しび》れだしたのは店を出て、裏通りまで歩いている最中。なかなか難事件やろ」

朝彦はしばらく考え込んでいたが、

「もっとシンプルに考えましょう。やっぱり板前ですよ。フグを捌《さば》いたのはそいつなんだから……」

「ところがや……」

女将《おかみ》はため息をつき、

「板前はシロなんや」

「どういうことです」

森川の説明によると、フグを扱う料亭には、自店でフグを捌く店と鮮魚の卸業者からすでに身欠きにしたものを購入する店の二通りあり、この店は身欠きにしたものを仕入れていた。だから、もともと毒なんかないはずだし、あったとしたら卸業者のミスだ、と板前は言い張った。店の主人も口添えした。板前は業務上過失致死の疑いで逮捕され、取り調べを受けたし、店自体も保健所が十日ほど休業にして捜査一課とともに徹底的に調べたが、なにも見つからなかった。

そもそも身欠きのフグなのだから、毒が入っているはずがないのだ。卸業者の調理場も調べたが問題はなかった。いくら探しても証拠らしい証拠が見つからず、板前は勾留《こうりゅう》を十日延長されたが、結局、嫌疑不十分で釈放された。捜査一課としてはそれ以上勾留しておけないと考えたのだろう。店自体も営業を続けている。下処理の必要がない身欠きフグを使っていた、ということで板前や店は責任を問われなかったのだ。

「この店も昔は自分のところで活《い》けのフグを捌いてたらしいんやけど、何年かまえにもフグ毒中毒を起こしててな、それ以来、身欠きのフグを買い付けることに変えたらしい。それだけやないで。板前の踊谷は、なにかあった場合に自分に疑いがかかるのを恐れて、毎日、フグの調理の工程を自分のスマホで撮影し、保存してたのや」

「それはまた用心深い……」

「前回のことがよほど応《こた》えたみたいやな」

それはフグ調理師の宿命だ、と朝彦は思った。食べると死ぬかもしれない食材を客に提供するのが仕事なのである。

「その映像を克明に見たけど、なんの怪しいところもない。そもそも仕入れてるのが毒のない身欠きフグや。映像には、調理から盛り付けまでどこにも毒を入れた様子はないし、調理場は事件のあった客室のすぐまえにある。運ぶあいだに毒を入れるのはむずかしいな」

朝彦が、

「仲居と板前と伴野と秘書ふたりが共謀していたらできないことはないでしょう」

「おいおい、ミステリ小説じゃないんだぜ……」

森川課長が、

「あんたら、ここでふたりで話し合っててもどうにもならん。とっとと行っといで。今回潜入するのは、ドジ坊、あんたや。今、『フグ大王』のホームページ見たら、フグ調理師見習いを募集してたさかい、あんたの名前で面接の予約しといた。すぐに返事が来て、今からでもええから来てほしい、て書いてあったわ」

朝彦は全身が引き締まるのを感じた。

「権助先輩とは一緒じゃないんですか」

「ふたりいっぺんに面接というわけにはいかんわな。権助には周辺捜査をしてもろたり、客になってもろたりするわ」

「承知しました」

権助は端整な顔でそう言った。六万円のフグか、いいなあ……と一瞬思ったのは内緒である。

「『金科玉条党』は、伴野が毒を入れたのとちがうか……みたいなことを毎日『児遊飲酒党』に言うてるし、マスコミも追随してそれが事実みたいに言い立てよる。けど、玉置が死んで、『児遊飲酒党』がホッとしたのも間違いない。『児遊飲酒党』は、うちはめられた、とかわけのわからんことを言うとるらしい。捜査本部が設置されたけど、解散になるそうや。正直、捜査一課はお手上げで、このままやったら迷宮入りになる。それでうちにお鉢が回ってきたのや。もうすぐ国会で『江戸明治大正昭和グランドパーク』の建設が承認される。そのまえに『なにか』を摑まなあかん。それがわてらの仕事や。――しっかり頼むで」

ふたりは「警視兆」を出た。権助が朝彦に、

「顔バレが禁物な理由がわかっただろう。俺たちの主たる仕事は飲食店への潜入捜査だ。今、刑事事件は年間十五万八千件ほど起こっているが、そのうち四万件が飲食店で起きている。捜査一課が刑事であることを明かして解決できなかった事件を俺たちは引き継

いで、内部から解決するんだ。しかし、ある程度の料理のスキルがないと潜入はできない。だから修業が必要なんだ。警視庁捜査四課はかつて暴力団のからむ事件を担当していて、マルボウと呼ばれていたが、暴力団犯罪の増加、多様化にともなって組織犯罪対策部として独立したのと同じく、飲食にからむ犯罪の増加にともなう措置として割烹《かっぽう》課が生まれたんだ」

「じゃあ設立百五十年とかいうのは……」

「俺はあの爺《じい》さんの言ってることはだいたい法螺《ほら》だと思っている」

やっぱりそうか……と朝彦は思った。

「ふぐ取扱責任者免許は持っていった方がいいでしょうか」

「置いていけ。フグに関しては素人《しろうと》ということにしておいた方がなにかと情報を聞き出しやすいだろう。調理師免許と履歴書だけにしておけ」

「はい」

ふたりは「フグ大王」に向かった。長いあいだ料理修業一筋に過ごしていた朝彦は久しぶりの刑事らしい仕事に興奮し、やる気十分ではあったが、「潜入」ということのない任務には緊張もし、不安もあった。

「フグ大王」は永田町の路地裏にひっそりとたたずんでいた。タクシーも横づけできないほどの狭い路地であった。表通りと裏通りに挟まれており、どちらの通りに出るにしてもしばらく歩く必要があった。店構えはさすがに立派で、見ただけで高級店であることがわかった。

（ひとり六万円か……）

朝彦が暖簾《のれん》を見ながらそう思ったとき、権助が言った。

「値段のことを考えているんだろ」

「はい。六万円もするなんて、よほど美味《おい》しいんでしょうね」

「いや……これは想像だが、おそらくそんなには美味《うま》くないと思う」

「えっ？」

「こういう店は、主に政治家の会合に使われる。秘密厳守で、ここでしゃべったことはよそには漏れないというのが大前提だ。今回のように与野党のえらいさんも密談する。酒が入って一緒に鍋をつつけば本音も出るし、大揉《おおも》めに揉めて予算成立が危ないようなときも、腹を割って話すことで最悪の事態が回避できる……そんな料亭政治の幻想が今でも続いてるんだ。だから、一食六万円なんて珍しくない。ひと晩で五十万、百万も支払われる場合もある。部屋の大きさを考えたら、それが少人数の支払いであることは間違いないだろう。客は料理を食いにきてる、というより、重大な密談をしにきているんだ。食事を味わうどころではないだろう。なかには手を付けずに下げられる料理もあるはずだ。そんな風なやり方で生き延びてきた料理屋に、気概のある料理人がいつくと思うか？」

「なるほど……やる気のある板前なら、自分の料理をちゃんと食べてくれる客が来る店で働きたい、と思うでしょうね」

「だから、この店の料理はそれほど美味くないだろうと思ったのさ。——じゃあ俺は行くから、がんばれよ」

「は、はいっ」

権助が行ってしまったあと、朝彦はふうっと大きく息を吐き、顔を両手で叩《たた》いて気合いを入れた。格子戸を開けて入店すると、玄関の正面にはガラス張りの水槽があり、数匹のトラフグが悠々と泳いでいた。そのうえの天井近くには、朝彦でも名前を知っている戦後の総理大臣の揮毫《きごう》による「政治家心得」みたいな額がかかっていた。

一、政治家は国民のためでなく、国のために働くものと心得よ。

一、政治家にとって一番大事なものは地盤である。

一、政治家はときに冷酷でなければならない。

一、政治家に必要なものは批判に反論する知性ではなく、批判を耳に入れない覚悟である。

一、政治とはフグと同じだ。毒はあるが食べると美味い。

朝彦はそれを読んで、

（なんだかなあ……）

と思った。あまりに露骨である。

通路を塞《ふさ》ぐように、こういう店によくある「切り株」(なにに使うのかいまだにわからない)の置物が置かれていた。左横の部分がなぜか黒く、染みのようになっており、少しへこんでいる。切り株のまえには、

ご来店の皆さまへ
当店は「泳ぎトラフグ料理専門店」です。

料金はたいへん高額であることをご承知のうえご利用ください。

また、紹介者のない方はお断りさせていただいております。

安価なフグ料理をお好みの方は、表通りに「フグ助」という店がありますので、そちらをご利用ください(「フグ助」は当店とはなんの関係もありません)。

店主敬白

という文言が書かれた立て札のようなものがあった。それを読んで、朝彦は嫌な気持ちになった。無用のトラブルを避けたい、ふらりと入ってきた客に恥をかかせたくない、という気持ちからの掲示というより、うちは政治家などのご贔屓《ひいき》以外に来てもらいたくないのだ、という強い主張を感じたからだ。

格子戸を開けた音を聞きつけたのか、着物を着た女性がひとり奥から現れた。玄関で

客を迎える役の仲居のようだった。

「あのー、板前の面接に来たんですけど……」

「あ、そう」

それだけ言うときびすを返したが、そのとき切り株にぶつかった。しかし、「痛い」ともなんとも言わず、そのまま奥に行ってしまった。ちゃんと話が通じたのかどうか危ぶんでいると、しばらくして肥えた中年男性が現れた。鼻の下にちょび髭《ひげ》を生やし、目は小さい。紺色の無地の紬《つむぎ》を着、白足袋《たび》をはいている。

「あんたか、うちで働きたいゆうのは。見習いが急に辞めてしもて、手が足らんで往生しとったんや。すぐに面接させてもらお」

「よろしくお願いします」

主人は奥に向かおうとして切り株に激突した。

（なるほど、それであそこが黒くなっていたのか。こんな危ないもの、置かなきゃいいのに……）

そんなことを思いながら、朝彦は主人とともに奥の一間に入った。

「履歴書拝見。――なるほどなるほど。調理師免許も持っとるわけやな。こないだまで銀座《ぎんざ》の『和食すし槍《やり》』にいてたんか。わしが『フグ大王』の社長の大久保春永《はるなが》や。よろしゅう頼むわ」

関西弁の社長は早口でまくしたてた。

「というても、わしは主に資金繰り担当でな、板前の腕の善し悪しはわからんのや。料理のことはほとんど花板の踊谷ゆう男に任せてある。せやから腕の方は踊谷に見てもらうわ」

「ほかの脇板さんとかはなんにんいらっしゃるのですか」

「脇板は今は雇てない。踊谷ひとりや」

「えっ……？」

「うちは、だいたいひと晩ひと組しか客を取らん。せやから三人でもなんとかなるちゅうたらなんとかなるねん」

「三人といいますと……？」

「さっき会《お》うたやろ。客あしらいは仲居の鞠山ゆうのがひとりで受け持っとる」

朝彦は驚いた。たった三人でこの店を切り盛りしているとは……その踊谷という花板、よほど「できる」板前ではなかろうか……。

「けど、さすがに客の数が七、八人となると、踊谷ひとりでは手に余るみたいでな、見習いが辞めたあと、代わりを探してたのや。見習いでよかったのやが、ちゃんと調理師免許持ってるひとが来てくれて、ありがたいわ」

「はあ……」

「この条件でよかったら、わしの面接は合格や。花板に会わせるさかい、ちょっと来てくれ」

大久保社長は朝彦を厨房《ちゅうぼう》に連れていった。そこには襟のない白衣を着、白い帽子をかぶった小柄な男が腕組みをして立っていた。

「踊谷、この男の腕を検分してやってくれ」

「見習いかい？」

「いや、調理師免許も持ってる」

朝彦は頭を下げ、

「花菱朝彦と申します。よろしくお願いします」

つい十五度の角度で礼をしてしまった。

「自分の包丁持ってきたか？」

「はい、ここに」

朝彦が包丁ケースを出すと、踊谷はちらと中身を見やり、

「なかなか使い込んでるじゃないか。――これと……これを切ってみてくれ」

そう言って渡されたのは白菜、ニンジン、春菊、白ネギ、それと絹ごし豆腐だった。どれもフグ鍋《なべ》の具材ばかりである。朝彦はそれらをてきぱきと切って、大皿に盛りつけた。

「ふーん……豆腐も上手《うま》く切れるみたいだな。板前になって長いのか」

「いえ……まだ二年ほどです」

「それはすごい。――じゃあ、これ切ってみろ」

踊谷は冷蔵庫からなにかを取り出し、朝彦のまえに置いた。

「これは……フグ？」

「そうだ。うちはフグ屋だからフグが切れなきゃ困る。——やったことないのか？」

「ありません」

朝彦は断言したが、ちょっと愛想がなかったかなと思い、

「でも……先輩がやってるのを横で見ていたことはあります」

「じゃあできるだろう。なにも丸ごとのフグを一から捌《さば》け、なんて言ってない。もう身欠きになってるんだから毒はない。客に出すわけじゃないんだから思い切ってやってみろ」

朝彦はためらった。ここでフグがちゃんと捌けることがわかると都合が悪い。とりあえず身欠きから出刃で頭の部分を叩き落とし、口とカマを切り取る。そのフグを三枚におろし、身の部分から赤いヘソ（筋肉）や血合いなどを取り除こうか……と思って、少し包丁をいれたが、そこでやめ、

「すいませんがこれ以上わかりません」

踊谷はほくほく顔で、

「すごいじゃないか。思ってたよりもずっといい。今日からでも使いものになる。——社長、お宝見つけてきたたね」

「わしが見つけたんやない。勝手に応募してきよったんや。——ほな、合格やな」

「花マルだね」

「よかった……。今日も歌舞伎の中村御託郎《なかむらごたくろう》さんとそのご贔屓《ひいき》のモンキー電機の女社長さん全部で七人さん、予約が入っとるさかい、また嫁はんに手伝わそかと思てたとこや。あとは、まかしたで」

社長の大久保があたふたと出ていく背中を見ながら踊谷は舌打ちをした。

「花板、よろしくお願いします」

朝彦がそう言うと踊谷は頭を掻《か》き、

「俺は花板なんてガラじゃない。踊谷さんでいいよ。あんたはあと、下ごしらえをちょっと覚えたらフグ料理は免許皆伝だ。どんな客にでも料理を出せる。総理大臣にだってＯＫだ」

「ご冗談でしょう。今日、はじめてフグを切ったんです」

「マジかい？　三枚におろすのはなんとかできても、くちばしとカマを切り取るというのはどうしてわかった？」

「いや、その……先輩のを見たことがあって……」

「そのあと、身に包丁を入れようとしていたが、あれはヘソや血合いを除こうとしたんじゃないのか？」

「たしか先輩がそんなことをしていたなあ……と思い出して……。でも、同じ薄さにてっさを引く（切る）には何年もかかるそうじゃないですか」

てっさというのは関西でフグのことを「鉄砲」、略して「てつ」と呼ぶことから来ている名前である。鉄砲というのは「当たれば死ぬ」ことからフグの隠語となっていたのだ。「てつ」のちり鍋だから「てっちり」で、「てつ」の刺身だから「てっさ」なのだ。このてっさを薄い薄い刺身にするにはかなりの腕が必要である。向こうが透けて見えるほどの薄さにして、豪華な柄の大皿にまるで花びらのように盛り付けていくと、薄造りを通して大皿の絵が見える……というのがてっさの醍醐味《だいごみ》である。

「そうだなあ。俺も昔はできたけど、もう忘れちまったよ」

「え？　じゃあ今はだれが……」

踊谷はニヤリと笑い、

「うちは身欠きで業者から仕入れてるだろ？　てっさも薄造りにして皿に並べた状態で仕入れてるのさ」

「えーっ……」

「煮凝《にこご》りもそうだし、ポン酢もそうだ。全部業者任せ。俺がやってるのは、野菜を切ることと、唐揚げを揚げること、まあ、唐揚げも冷凍で、下味と衣をつけた状態で持ってきてもらってる。あとはアイスクリームを鉢にいれることぐらいだな。ひれ酒のひれも業者から買ってる。果物もいろいろ切り分けたやつを仕入れてる。雑炊は仲居の鞠山が作るし、焼きフグと焼き白子は客席に持ち込んだ小さな七輪で客が焼くんだから楽なもんよ」

呆《あき》れたもんだ、と思った。それで六万円も取るのか。

「あんた、今、そんな料理で大金を取るのか、と思っただろ」

「いえ……」

「隠すなよ。俺もそう思ってるんだが……あの社長の方針なんだ。そうしないと、ひとりで八人の客を相手にするのはむずかしい。最初は俺も嫌だったが、なにしろ客は政治家、社長、学者、芸能人……味はわからないがわがままなやつらばっかりだ。突然、料理の順番を入れ替えろと言ったり、今すぐつぎの料理を持ってこいと言い出したり……そんな連中を俺ひとりでさばくには業者に任せた方がいいのさ」

「よくバレませんね」

「バレるはずないさ。先月も、食通で知られてるナントカいう小説家が、『どれも美味《うま》かったが最後のアイスクリームがいちばん美味かった。こってりした雑炊のあとの舌を拭《ぬぐ》いさってくれたよ。まるですばらしい構成のオペラを見るような献立だったね。ここに来るといつもアイスに感心するんだが、あれも自家製かね』……なんて言いやがったんで『もちろんです』と答えたら祝儀をたんまりくれたよ。笑いを嚙《か》み殺すのがたいへんだった。アイスクリーム、社長がちょっとでも経費を抑えろっていうんで、去年まではゴダイバのワンパック五千円のやつだったのをワンパック五百円の安いやつに変えたんだがね」

そう言って踊谷はゴミ箱にあるアイスのパックを指差した。それはたしかに、スーパーマーケットのオリジナルブランドの安物で、朝彦もたびたび口にしたことがあるものだった。朝彦は店の裏側を暴露する花板に呆れたが、踊谷は悪びれた様子もなく、

「いいのさ。永田町の料亭っていうのは密談をするための場所だ。中身がよそに漏れないように、ひと晩ひと組だけということになる。そうすると、どうしても客単価は高くなる。でも、もうそんなやり方は通用しなくなっている。ここはよく持ってる方さ。まあ、いつまで持つかな」

踊谷は他人事《ひとごと》のように言った。

「でも……玄関に水槽がありましたし、『泳ぎトラフグ料理専門店』って……」

「ああしとけば、客はみんなあの水槽に泳いでるフグをさばく、と思うだろう。ところが……」

踊谷は声を潜め、

「あれは液晶に3Dのバーチャル映像を映してるだけなのさ」

「えっ……」

これは詐欺でないのか、と朝彦は思ったが、ここに来た目的はそんなつまらない詐欺を暴くためではない。

「今まで見破った客はいないよ。俺が考えたんだ。もともとあった水槽は俺がアパートに引き取って、熱帯魚を飼ってるのさ。な、いいアイデアだろ」

「そ、そうですね……」

朝彦は苦笑いをした。

それからしばらく踊谷は「フグ大王」の流儀の野菜の切り方や盛り付け方、身欠きの捌《さば》き方などを教えたが、全部で三十分ほどで終わってしまった。なにしろたいがいのものは業者が持ってくるのだから簡単である。

「じゃあ、今晩の客はあんたが接客してみてくれ」

「いいんですか？」

「ああ、その方が仕事に早く慣れるだろう。けど、だれがやってもおんなじだ。うちの問題は、客の社会的地位が高すぎるってことぐらいだな」

「大臣だの俳優だの……ビビりませんか？」

「ははは……かぼちゃが並んでると思えばいいのさ」

踊谷は時計を見て、

「まだまだ時間があるな。その辺ぶらぶらしてていいぜ」

「あのー……もうひとつおききしたいんですが……」

「なんだ？　雑炊の飯は『カトウのごはん』だ。文句あるか」

「ありません。――聞いたところでは、この店、二、三カ月まえにフグ毒中毒で問題になったような気がするんですけど」

「ああ、そうだよ。あのときはたいへんだった。俺は業務上過失致死の疑いで逮捕され二十日間勾留《こうりゅう》された。店も、毎日マスコミが張りついて、保健所の許可が出たあとも開店できなかったらしい」

「でも保釈になったんですよね」

「あったりまえだろ。俺はなにもしちゃいない。それを警察も認めざるをえなかった。その理由は、ひとつにはこの店が自分のところでフグを捌かず、身欠きを購入していたからだ。身欠きということは毒のある部分はすべて取り除いてある。毒が持ち込まれるはずがないんだ。警察も保健所も、店を十日間の営業停止処分にして隅々まで調べたが、どこにもテトロドトキシンはおろかなんの証拠も見つけられなかったよ。あるはずないんだ」

「つまり……フグ毒はフグからではなく、よそから持ち込まれたと……」

「それしか考えられんな」

「だれがやったんです」

「知るかよ。とにかく俺じゃないことだけはたしかだ。俺はふぐ取扱責任者免許を持ってるから正しいやり方で調理した。スマホに全部映してあったのがよかったな。警察も最後にはしぶしぶ認めざるを得なかった。濡《ぬ》れ衣《ぎぬ》だ、とゴネたら、捜査一課の課長ってやつが来て平謝りに謝ったからまあ許してやった。マスコミも、『逮捕のフグ調理師は冤罪《えんざい》！』という見出しで警察をさんざんけなしてくれた。胸がすーっとしたぜ」

　踊谷は得意げに言った。

「よくもまあ調理の工程を全部スマホに撮ってましたね」

「じつはかなりまえにもこの店は中毒事件を起こしていて、そのときの板前も俺だったんだ。どうしても肝が食いたい、唇がぴりぴりするのを味わうのが通だ、とか抜かす政治家の頼みを断れなくって、ちょこっとだけ出したらそれが大当たりしちまって……幸い、食ったやつは死ななかったからよかったようなものの、あれで懲りたから、自分で自分の身を守ることにしたんだ。うちみたいにひと晩ひと組しか客を取らない店だからできたことだけどな」

「業者の身欠きのやり方がずさんで、毒が残っていた、とか……」

「だとしたら、ほかの三人も中毒になってるはずだろ」

「料理や小皿、お酒を運ぶとき、踊谷さんと鞠山さん、どちらが先頭でしたか」

「鞠山が小さなワゴンを押して、俺はそのあとから手ぶらでついていったな。一分もかからない距離だ。鞠山がなにかしてるような様子もなかった。——おい、あんた、やけに根掘り葉掘りきくが、まさか警察《サツ》じゃないだろうな」

「ははは……俺が刑事に見えますか?」

踊谷はかぶりを振った。

「俺はミステリドラマが大好きで、踊谷さんと一緒にこの事件の真相をつきとめたいんですよ。だって、踊谷さんが犯人じゃないなら、どこかに犯人がいるわけですから」

踊谷は笑みを浮かべ、

「じつは俺も歌謡サスペンス劇場とかずっと見てたクチなんだ。『演歌探偵キタジマ』

とか『警部のど自慢』とか『ロケンロール警察』とか……」

「『花板探偵オドリダニ』なんてどうです？」

「いいねえいいねえ」

「で、花板探偵としては、毒はだれが入れたと思います？」

「俺と鞠山が入れてないんだから、客室のなかで三人のうちのだれかが入れたんだろうが……まあ、俺の考えじゃ、伴野の秘書だろうな」

「どうしてそう思うんです」

「どうしてってそりゃ……玉置が死んで一番得するのは伴野だろ。秘書ってのは親分の命令ならなんだってするんだ」

たいした根拠ではない。踊谷は続けて、

「玉置が倒れたのは料理を全部食べ終わって、店を出て、歩いてるときだ。玉置の秘書は玉置と並んでいて、俺は少し後ろからついていった。秘書の様子は全部見えていたから、あの場で秘書がなにかをしたことはないと思う。正直言って、俺には玉置がいつどんな形で毒を盛られたかはわからねえ。けど……それより問題なのはフグ毒……テトロドトキシンをどうやって入手するかなんだよなー。うちは、じつは身欠きしか仕入れてなかったってことが幸いして容疑が晴れたからこうして営業を続けてるけど、じゃああのテトロドトキシンはどこから来たのか……ということだ」

「危険部位を切り取っていないフグ一匹を一般人が丸ごと買うのは無理でしょう。ふぐ取扱責任者免許がないと買えませんから。でも、身欠きをおこなっている業者なら入手は簡単なんじゃないですか？」

「フグの身欠きをしている業者はフグ一匹一匹をナンバリングしてる。そのやり方は厳重で、それこそ俺がやったみたいなスマホで撮影どころじゃないんだ。まあ、無理だろうね」

「自分のところでフグを捌いているフグ料理屋なんかはどうです？」

「そういう店は肝臓、卵巣、目……といった有毒部分を鍵《かぎ》のかかる専用のケースに保存することになっている。店側が捨てるのではなく、悪用されないように、業者が回収して捨てるんだ」

「その業者が怪しいかも……」

「疑っていけばきりがないが……あのなあ、あんたは知らんかもしれんが、フグ中毒のほぼ百パーセントが『釣り人が自分で釣ったフグ』を料理したときに起きてるんだぜ。プロが事故を起こすのはほんとにまれなんだ」

「そうなんですか……」

「たとえば去年、全国で起きたフグ毒中毒は十五件だが、そのうち十四件が自分で釣ったフグをさばいて食った、ひとからそいつが釣ったフグをもらった、自分が釣ったフグを顔なじみの飲み屋に持ち込んで調理してもらった……この三つのどれかに該当するんだ」

「へー……」

「ネットで検索してみろよ。自分でフグを釣って、それを捌いて食べてみよう的なヤバい記事がいっぱい出てくる。毒キノコを食べてみた、の類《たぐい》だな。YouTuberとかが、危険を承知で、『いいね!』を稼ぐために、そういうことをする。『ちょっと口がぴりぴりして美味《うま》い』とか『案外簡単で、これなら高いフグ料理屋に行かないでもいい』とか……面白半分だが、なかには中毒する馬鹿もいるのさ。しかし、プロがさばいて事故になったのは一件もない」

「つまり、玉置の皿に毒を入れたやつは、自分で釣ったかだれかが釣ったフグをさばいて毒を入手した、と……」

「俺はそう思うね。プロは、危ない橋を渡らないよ」

そうかもしれない、と朝彦は思った。フグ料理店でフグ毒中毒が起きたら、店側のだれかが怪しまれるのは当然だから、そんな露骨なことはしないだろう。となると……。

(伴野、佐竹、秋野のうち、釣りを趣味にしている人物がいるかどうか、あるいは釣り好きの知り合いがいるかどうかを調べないと……。あとで権助先輩に連絡を取ろう)

その晩の客には、本当に朝彦が作った(といってもフグの身を鍋《なべ》用に切ったり野菜を切ったりしただけだが)料理が提供された。「割烹課《かっぽうか》」所属になってずっと修業を積んできたが、客に自分が作ったものを出したのは今夜がはじめてだった。しかし、とくに感慨はなかった。

社長の大久保を先頭に、踊谷、仲居の鞠山が客たちを玄関で送り出した。朝彦もいちばん後ろに目立たぬように控えていた。

「ありがとう、今日も美味かったよ」

歌舞伎俳優の中村御託郎が酔った赤い顔でそう言った。モンキー電機の女性社長も上機嫌で、

「ここのフグのお刺身は東京じゃよそでは食べられないわね」

「そうですな。結局、板前の腕が違うんだ」

七人は笑いながら帰っていった。踊谷は馬鹿舌の客を嘲笑《あざわら》っているのか、と朝彦がその顔を見ると、案に相違して花板は不快そうな表情だった。朝彦の視線に気づくと、

「俺がこしらえた刺身じゃないのに、あんなにほめられても腹が立つだけだ」

一応のプライドはまだ持っているらしい。大久保が、

「わしは今から鹿堂《しかどう》さんのところに行ってくるさかい、あとは頼むわ」

そう言うとあたふたと出かけていった。

「シカドウ……どこかで聞いた名前だな」

そう思ったが、鞠山や踊谷にきくのはやめておいた。

調理場の片付けや掃除なども終わり、

「お疲れ。もう帰っていいぞ。明日《あした》も頼むわ」

踊谷に言われて挨拶《あいさつ》し、店を出たのは十二時を回っていた。

(今日はタクシーで帰るか。でも、明日からは自転車で来よう)

そんなことを思いながら表通りに出ると、朝彦は携帯電話で権助に電話した。

「今、店を出たところです」

「なにかわかったか」

「じつは……」

朝彦は今日一日のできごとや見聞を報告した。

「初日にしては収穫があったな。——今から『警視兆』に行け。俺も行く」

「えっ、もう十二時ですよ」

「捜査一課から俺たちが引き継いだ、ということは捜査本部が『警視兆』に移ったようなもんだ。夜中でも捜査は進めなければならない」

「あ、そうか……」

なんとなく朝彦は、自分が料理人になったような気がしていた。なにしろ今日一日、野菜を切ったり、客の接待をしたりしていただけなのだから。

(俺は警察官だった……)

朝彦は電話に向かって、

「すぐ行きます!」

急にドーパミンだかアドレナリンだかが出てきた。朝彦はアプリも使わず、ぴょんぴょん跳ねながらタクシーを止めた。

◇

森川課長はふたりの部下を出迎えた。そして、朝彦の報告を聞いて、

「悪どい店やなあ。バーチャルの活《い》け水槽なんてはじめて聞いたわ」

朝彦が、

「けど、捜査一課もまずかったですね。証拠もないのにいきなり逮捕なんて……」

「たしかに冷静さは欠けとったと思う。被害者が大物すぎて、あたふたしたんやろな」

「泳ぎトラフグと看板に書いてあるのにじつは業者から身欠きにしたものを仕入れている、というのは罪になりますか？」

「さあ……バレたら評判は下がるやろけど、虚偽表記だけで逮捕する、ゆうのはむずかしやろなあ。『債務不履行責任』違反……景表法違反……軽犯罪やな。それより、もしあんたの報告どおり、板前、仲居、社長の三人がシロやとしたら、やっぱり伴野かその秘書の佐竹が、よそで調達してきたフグ毒を秋野の目をかいくぐってこっそり玉置に盛った、ゆう可能性が高くなるなあ」

そう言いながら森川課長はパソコンを開けてなにやら検索していたが、

「ふーん……伴野の事務所のホームページを見てるんやけど、登録されてる佐竹のプロフィールによると、趣味は『山登り』となってるなあ。ほんまのことを書いてあるとはかぎらんけど……」

権助が、

「伴野自身はどうです？」

「趣味は……『ゴルフ』やて。ほんまか嘘か知らんけど……」

「念のためですが、秋野芳子は……？」

「えーと……趣味は『スキー』てなってるわ。釣りをしてるもんはいてないみたいやけど、釣り好きの知り合いから手に入れた、ゆうこともありうるさかい、権助は引き続きこの線も当たってくれるか」

「了解です」

朝彦が、

「あのー……俺にも踊谷がスマホで録画していた映像を見せてもらえませんか。どうも気になって……」

朝彦は踊谷と一緒に仕事をしているのだからもっともな話である。森川は、パソコンに入れてあったその映像を朝彦に見せた。踊谷が無罪になり、店の営業停止も十日だけで済んだいわば「お宝映像」である。すでに何度も見ているらしい森川課長も、権助もともにパソコン画面に見入った。ついさっきまで朝彦が働いていた厨房《ちゅうぼう》が映っている。スマホは撮影用の三脚にセッティングされ、床に置かれているらしい。

踊谷が業務用冷蔵庫から煮凝《にこご》りの入った小鉢を四つ取り出した。煮凝りの調理完了である。つぎに同じ冷蔵庫から皿を四枚出した。てっさがきれいに並べられている。ラップを剝《は》がす。てっさの調理完了である。小皿を四つ並べ、これも冷蔵庫にしまってあったポン酢を入れ、紅葉おろしを添えた。最後にラップされたパックを四つ取り出す。どれにもひとつずつフグの身欠きが入っている。踊谷は慣れた手つきでそれらをまな板のうえに置き、調理していった。一部を焼きフグ用に置いておき、残りはフグ鍋用に切り分ける。そのあと、野菜を並べて手際よく切っていく。冷凍庫を開けて唐揚げを取り出し、ボウルに出す。壁際には、何種類かの香辛料や醬油《しょうゆ》、塩、旨味《うまみ》調味料などが置かれている。そこに鞠山が入ってきて、

「お客さん、お見えです」

「おう」

短い会話。鞠山は酒燗《かん》器で熱燗にした酒でひれ酒を作ると、冷蔵庫から瓶ビールを二本出し、ワゴンに載せた。踊谷は煮凝りの小鉢とてっさの皿四枚、市販のポン酢を入れた小皿四枚をワゴンに載せた。鞠山はワゴンを押し、そのあとから踊谷がついていく。スマホは厨房に置いたままなので、ふたりの背中だけが映っている。

そのあとふたりはふたたび厨房に戻ってきた。踊谷はビールを勝手に冷蔵庫から取り出して、コップに入れてひと息で飲んだ。そして、頃合いを見て、唐揚げを揚げたり、白子や焼きフグ用の身を皿に並べたりした。鞠山がフグ鍋を仕立てるために何度か客室と厨房を往復したが、その間、踊谷はずっとビールを飲んでいた。

「雑炊、終わったよ」

鞠山がそう言ったので、フルーツとアイスクリームをガラス製の食器に盛りつける途中で映像は途切れていた。

長いだけで、まったくなんの変哲もない調理風景である。踊谷自身が言っていたように、業者から仕入れた身欠きのフグを切り分け、すでに皿に並べられたてっさを出し、市販のポン酢を小皿に入れる。たったそれだけだ。これでひとり六万円というのはぼったくりと言われても仕方あるまい。しかし、そのせいで踊谷の容疑は晴れたのだ。権助が、

「毒を入れるような動作はありませんね。やはり、客室のなかでだれかが玉置のポン酢に入れた……と考えると佐竹でしょう。逮捕して泥を吐かせますか」

森川がかぶりを振り、

「忘れたか。玉置のポン酢に毒は入っていなかった。秋野は、板前や仲居、代議士、それに佐竹の手もとをじっと見張ってた。毒殺を警戒してたのや。それは佐竹も同じやったはずや。毒を入れるのはむずかしい。捜査一課もお手上げの事件……なにか決定的な証拠を摑《つか》まんと、逮捕ゆうわけにはいかんなあ」

「そうでしょうね……」

「それと、権ちゃん、決めつけはあかんで。いつも言うてるやろ。思い込み捜査がいちばん危険なんや」

「すみません……」

「まあ、あんたが言うのもわかるけどな。とにかくフグ毒がないはずのフグ料理屋でフグ毒で殺されたのや。だれかが入れたのは間違いない。そこをなんとかしよ、と思てドジ坊を潜入させたのやが……」

そんな課長のボヤキを耳にしながら朝彦は何度も何度もその映像を再生し、隅々まで見入っていた。もう十回目だ。

「あんた、なんべん見てるんや。ええ加減にしいや。いっぺん見たらわかるやろ。もう三時やで」

「いや……それがその……なにか変なんです」

「どこが変やねん」

「それが……わからないんです」

「ふーん……それやったら、眠いやろけど、気の済むまで見たらええわ」

「ありがとうございます。まるで眠くはありません」

朝彦はもう一度見ながら、

「これが事件当日に撮影された、というのは間違いないんですよね」

権助が、

「スマホなら撮影日時や位置情報はあとで変更できるが……」

結局、何度見返しても朝彦には自分が感じた違和感の正体をつきとめることはできなかった。そのとき、彼はふと思い出したことがあった。

「あのー……関係ないかもしれないんですが……」

「なんでもええから言うてみ。しょうもないと思てたことが事件解決につながる、ゆうのはようあるこっちゃ」

「えーと……シカドウっていう名前になにか心当たりありますか？」

森川と権助は顔を見合わせた。権助が、

「おまえは刑事だったのに鹿堂を知らないのか？　広域暴力団鈴虫組の会長、鹿堂京太《きょうた》郎《ろう》のことだろう」

「あっ……」

森川が、

「その鹿堂がどないしたんや」

朝彦は、フグ大王の社長が「わしは今から鹿堂さんのところに行ってくるさかい、あとは頼むわ」と言って出かけていった話をした。権助が、

「これは瓢箪《ひょうたん》から思わぬ大駒が出てきましたね」

「そやなあ……。これは、わてらの手には負えんわ。もう寝てはるやろから、明日《あした》の朝一に揚巻先生に電話するわ」

「でも、あの爺《じい》さん、どうして夜中にすぐに連絡しなかった、て怒りませんかね」

「そやな。お叱りをうけるかもしれんけど、今から電話入れるわ」

森川課長はスマホを耳に当て、

「夜分遅くすんません。『警視兆』の女将《おかみ》でございます。お休みのところすみませんが……え？　まだ起きてはった？　もう三時回ってまっせ。え？　サッカーのアジアカップ観てた？　ほんまかいな……。あ、それで用というのはほかやおまへん。じつは……」

森川は、フグ大王の件についてわかったことを話した。

「はい……はい……よろしくお願いします」

森川は電話を切ると、

「揚巻先生にはいろいろ根回しをお願いした。あんたらふたりは明日からも今日と同じように店のなかと外からフグ大王を調べなはれ。そのうちかならず尻尾《しっぽ》を出しよると思う」

「あの一……」

朝彦がおずおずと、

「暴力団の会長とフグ料理店の社長にどんなつながりが……」

「アホ！　決まってるやないか！　『江戸明治大正昭和グランドパーク』や。土地買収や宣伝広告、工事発注なんぞに『鈴虫組』の関与があって、そこから総理の後援会に莫《ばく》大《だい》な寄付があったことがわかってる。まさに玉置と伴野はそのことで議論を戦わせてた最中やったのや。その片方が店で死んだのやで」

「ああ、そうか……」

森川は権助に向かって、

「権ちゃん、明日からそのあたりも調べてもらえるか」

「了解です」

これで解散になった。朝彦は、

(明日、店に行って社長の顔を見るときに平静でいられるだろうか……)

と思った。

◇

翌日は眠かった。朝彦は欠伸《あくび》を嚙《か》み殺しながら、淡々と仕事をこなした。踊谷が、

「まかない作ってみろ。厨房にある食材はなにを使ってもいいぜ」

と言ったので、ご飯を炊き、出汁《だし》巻きとシイタケの山椒《さんしょう》焼き、大根の即席漬け、豆腐とネギの味噌汁《みそしる》を手早く作ったあと、小さめのおにぎりとともに出した。仲居の鞠山が、

「美味《おい》しい！　熱々の塩むすびに具が入ってないのもうれしいわ」

踊谷が、

「この出汁巻きはよほど和食の方で修業しないと作れんと思うなあ」

「そんなことありません。まえの店では、毎日百も二百も出汁巻きを作らされていたので……」

それはさておき、社長の大久保は、鹿堂も鈴虫組も知りませんよ、というようなしれっとした顔で接客している。客は、「江戸明治大正昭和グランドパーク」実行委員会会

長で大手建設会社の社長でもある人物、国土交通大臣、それに大手電鉄会社の社長という顔ぶれだった。どうやら首相の悲願「グランドパーク」を押しとどめようとしていた「金科玉条党」の玉置が死んだことで、一気にパーク実現の方向にすべてが動き出したようだ。ニュースもワイドショーもこぞって「グランドパーク」にはこんなパビリオンがあります、こんなグルメがあります、こんなホテルがあります、家族割引はこんなにお得……と情報を並べ立てている。野党はもちろんまだ反対しているが、パークの建設はすでに決定されたような雰囲気ができあがりつつある。

朝彦でなくても、

（そうか……世のなかってこんな具合になってるんだな……）

と思うだろう。客室に料理を運んでいったとき、襖《ふすま》の外で嫌な会話を聞いた。

「玉置さんが亡くなられたのはこの店のフグを食ったあとなんですよ」

「えっ……そんな店、危ないじゃないですか」

「はははは……大丈夫。このまえの事件は店や板前のせいじゃないことははっきりしています。それに私、この店、大好きなんです。だって、玉置さんが生きていれば、たぶん『グランドパーク』はポシャッてます。この店さまさま、フグさまさまですよ」

「そう言われればそうですな」

下品な笑い声。朝彦が、

「お料理をお持ちいたしました」

そう声をかけると、笑い声はぴたりと止んだ。

◇

深夜、片付けを終えた朝彦は踊谷に声をかけた。

「先輩、ちょっと飲みませんか」

「うーん……そうだなあ……。けど、もう時間も遅いから、この辺の店は閉まってるぜ」

「じゃあ先輩のアパートに行きましょう」

「え？　俺の家か？」

「いいじゃないですか。板前の先輩後輩で親交を深めましょうよ。俺、熱帯魚も好きなんです。見せてくださいよ」

「熱帯魚はもう死んじゃって、いないんだ。今はつまらねえ魚を泳がせてるだけさ」

「それでもいいです。行きましょ行きましょ」

強引にことを運ぶ朝彦に、踊谷はしぶしぶという感じでうなずいた。踊谷のアパートは信濃町《しなのまち》にあり、店には歩いて通っていた。途中のコンビニでビール、カップ酒を買い、三十分ほどでアパートに到着したふたりは部屋に入り、床に直に座ってビールを飲んだ。

「いい部屋ですね」

「お世辞を言うなよ。ボロアパートだ」

「ああ、あれが水槽ですか」

もともと店で活《い》けフグを泳がせていた水槽が窓際に置かれていた。なるほど、踊谷が言ったとおり、熱帯魚は一匹も泳いでいなかった。ふたりはビールのロング缶をひとつずつ持って乾杯し、ポテトチップスを食べた。

「へえー、じゃあ先輩は釣りはなさらないんですか」

「しないよ、釣った魚の処分が嫌でね。でも、海に行くのは好きなんだ。休みの日には勝浦《かつうら》のあたりまで行って、ひとりで磯遊びをしたりする。キャンプなんかしなくても、ウニやらイソギンチャクやらウミウシやらカニやらを見ながらカップ酒飲むのはいい気分さ。水族館にいるような気になるよ」

水槽には、ヤドカリ、ウミウシ、イソギンチャク、ハゼ、ウニ、ヒトデ、カニ……といった生きものがいた。ふたりはテレビを見ながらだらだらとビールを飲んだ。

「そろそろおいとまします。今日はありがとうございました」

「はは……また来てくれ」

踊谷の家を出た朝彦は、警視兆へと直行した。すでに権助は来ていて、森川課長となにやら話し込んでいた。

「ああ、ドジ坊、お帰り。今日はどやった?」

「昨日と同じです。えらいひとがやってきて怪気炎を上げてました」

朝彦は政財界の大物たちのゲスい会話について説明した。

「フグさままか。ひどいことを言うなあ。けど、ドジ坊、そういう言葉に腹を立ててたらそっちに引っ張られて真相を見誤るで。わてらの仕事はなにがほんまで、なにが嘘かを見抜くことや」

「わかりました」

そのあと、朝彦は板前の踊谷の家で酒を飲んだことも報告した。

「水槽にフグはおらんかったか。まあ、いてたら捜査一課が騒いどるはずや」

「——あのー……料理の動画をまた見たいんですけど……」

「今日もかいな。わかったわかった。けど、今日はもうちょっと早く寝よな」

朝彦はパソコンの画面に見入った。昨日もさんざん見倒したものなので、細部まで覚えてしまっている。それなのにまだ見直すのは、やはりなにかが引っかかるからだ。五周目に入ったとき、さすがに権助が、

「明日《あした》もおねむになるから、そろそろ切り上げようや」

そう言って欠伸をした瞬間、朝彦はあることに気づいた。

「おかしい……これはおかしい！」

「なにがおかしいのや？」

「これです！　最後に冷凍庫を開けて唐揚げを出すでしょう？」

「味も衣もついてる唐揚げやろ。それがどないした？」

「唐揚げじゃないんです。この……ここに一瞬だけ映ってるアイスクリーム……」

「アイスクリーム？」

森川と権助は画面をのぞきこんだ。たしかに唐揚げを取り出すために冷凍室の扉を開けたとき、奥にあるアイスクリームのパックの端の方がほんの一瞬映っている。

「これはゴダイバのアイスです。踊谷は、去年、アイスをゴダイバからスーパーマーケットのオリジナルブランドのものに変えた、と言ってました。ということは、この画像は去年以前のものなんじゃないでしょうか」

森川課長が、

「ドジ坊、お手柄や！」

権助が、

「撮影日時を変更しても、おそらく分析捜査係や科学捜査研究所ならもとの日付がわかるはずですが……」

「たぶん、そこまでの必要性を感じなかったのやろな。すぐに分析捜査係に回して解析してもらうわ」

そう言ったあと森川はなにやら考え込んでいる。

「どうかしましたか？」

朝彦が言うと、

「もしかしたらわてらは、政治抗争の方に頭が行って、捜査がおろそかになってたのとちがうやろか」

「と言いますと？」

「与党と野党の大物が私的に会合して、野党側のトップが死んだ。国を揺るがす大事件や。場所はフグ料理店で、死因はテトロドトキシン中毒……。捜査一課もわてらも、当然フグ毒が原因やと思い込んで、それ以上の細かい分析はしてなかったと思う。板前のスマホ映像でもそうや。まさか撮影日時を改変するような小細工をしてるとは思てなかった。もっぺんいちからていねいに調べなおさんとあかんということやないかな。政治抗争やない。これは殺人事件や、と……」

「フグ毒ではなかった、ということですか？」

朝彦が言うと、

「フグ毒、つまり、テトロドトキシンにもいろいろある。類似毒というのもあるのや。かなり専門的な分析をすればわかるはずや」

「どういうことですか？」

森川課長は朝彦と権助の耳に口を近づけ、声を潜めて、

「マンジュウ……」

とささやいた。ふたりは納得し、うなずいた。権助が、

「ドジ坊の報告からすると、可能性はありますね」

そのとき電話が鳴った。女将《おかみ》が自分で出た。

「ああ、揚巻先生……お願いしてた件は……えっ？　ほんまだすか？　わかりました。こっちの方はこんな感じだす。はい……はい、よろしくお願いします」

電話を切った森川は、

「フグ大王の主人と板前の逮捕状を取ろうとして裁判所に言うたら、どこかうえの方から圧力がかかって、この件は封印しろ、ということになったらしい。でも先生ははねつけたそうやけど」

「えーっ！」

朝彦は大声を出し、

「元警視総監に圧力をかける『うえの方』というのは具体的にはどこなんでしょうか」

「内閣のどこかやろなあ。首相の周辺かもわからん」

「そんなことは許されません」

「許されません、て言うたかて、わてらはしがない警察官や。権限は限られとる。けど……このままではすまさんで。権助、ドジ坊、きばってや。わてもきばる」

「はいっ」

朝彦と権助は同時に答えた。

◇

翌日の客は、演歌歌手で国会議員の下条《しもじょう》けんじと有名なお笑い芸人でバラエティ番組を牛耳っている杉本《すぎもと》ひととし（「江戸明治大正昭和グランドパーク」のアンバサダーでもある）、そして、その取り巻きたち合計六人だった。杉本は、玉置が死んだこととグランドパークの関連を隠そうともしていなかった。

「よかったよかった。いつまでもゴネてるようだったら、後輩の鉄砲玉に夜道で襲わせようと思ってたぐらいですよ。まさか、フグが代わってやってくれるとは思ってなかった。今度の番組のトークゲストにフグ、呼《なべ》びますわ」

彼らは「二軒目に行く」ということで鍋もほとんど手をつけず、帰っていった。

「今日は早く終わったな。花菱、ゴミ、捨ててきてくれ」

踊谷にそう言われた朝彦は、フグや野菜をビニール袋に入れ、それを店の表にあるゴミ箱に捨てにいった。食べ残しだから仕方ないのだが、飲食店にまつわるこういう作業はいつまでたってもどこか気が咎《とが》める。

「おい……」

後ろから声がした。振り返ると見知らぬ男が七、八人立っていた。先頭にいるのは白いスーツにサングラス、先の尖《とが》ったエナメルの靴というういでたちの中年男だ。顔が四角く、鼻の右横に大きなほくろがある。朝彦が、

「なにかご用ですか?」

「わしは鈴虫組の鹿堂や。名前ぐらい聞いたことあるやろ」

「ええ、名前ぐらいは聞いたことあります」

「なんやと、このガキ……」

男は指をスナップさせ、

「やってまえ」

ほかの連中がバラバラッとまえに出てきた。朝彦は、

「なんだ、おまえらは」

パンチパーマの背の高い男が、

「ネズミにちょろちょろされたら目障りなんじゃ。死んでもらう」

朝彦は笑って、

「ありがたい。これで動かぬ証拠を摑《つか》めそうだ」

「なに？」

男たちは一斉にナイフを抜いて、朝彦に対峙《たいじ》した。朝彦は体勢を低くして、先頭の男目掛けて突進した。

「く、来るな。このナイフが見えねえのか。ひえーっ！」

先頭の男の肩にタックルを決める。男は軽く吹っ飛び、空中を二回転したあと、ゴミ箱に顔を突っ込んだ。すぐさまつぎの男に狙いを定める。

「ハッドゥー、ドゥース！」

強烈な頭突きをかますと、その男はゴロゴロと後ろ向きに転がり、民家の壁に激突して、やっと止まった。その家の屋根から屋根瓦《やねがわら》が数枚落ちてきて、男の頭に当たった。残りの連中が逃げ腰になっているところへ朝彦はサイのようなぶちかましを食らわせ、まとめて粉砕する。男たちは昔のアニメのように四方八方に飛び散った。しかし、鹿堂

が、背広の内ポケットから拳銃《けんじゅう》を取り出した。鹿堂は顔中に大汗をかいており、震える手で銃口を朝彦に向ける。拳銃を見ると、朝彦はいつも、父親の死のことを思い出す。朝彦の動きが止まったのを見て、鹿堂は朝彦が銃におびえたと思ったのかゲヘヘ……と笑った。

そのとき、鹿堂の後ろからべつの人物がまえに出た。踊谷だ。

「やっぱりあんたは警察《サツ》だったな」

「どうしてわかりましたか」

踊谷は、黒い革製の定期券状のものを示し、

「あのなあ……俺の家にこれが落ちてたぜ。間抜けな野郎だ」

それは警察手帳だった。

「えーっ！」

また、しくじったか……と朝彦は落胆した。

「鹿堂さん、殺《や》ってください！」

踊谷の言葉に、鹿堂は引き金に指をかけた。その瞬間、だれかが彼の腕を横から摑み、背中側に折り曲げた。

「痛てててててて……放せ！　放さんかい！」

「ひと並に痛みは感じるようだな」

鹿堂の腕を摑んでいるのは権助だった。

「フグ大王はずいぶんまえから経営が苦しくて、鈴虫組にかなりの額の借金があった。それを肩代わりしたのが児飲党だ。そのつながりで、玉置を毒殺する、という児飲党からの依頼を断れなかったんだろう。板前の調理ミスということになっても揉《も》み消してしまえばいい、万が一、逮捕されても、店は食中毒見舞い保険にも入ってるし、過去のフグ毒中毒事件で板前の勾留《こうりゅう》期間は短い、その分を金銭的に補償してやる、という約束でもあったんだろう」

権助は鋭い目で鹿堂を見つめた。

「おまえも警察か。わしに手ぇ出したら、タダではおれんで。わしのバックには、聞いて驚くな、あ、痛たたたたたたた……」

権助は鹿堂を地面に引きずり倒し、手錠をかけた。それを見て逃げようとした踊谷の襟首を朝彦は摑んだ。

「俺はなにもしちゃいない。店にはフグ毒はなかった。警察もそれを認めたから、釈放したんだ。また、誤認逮捕を重ねる気か」

「玉置を殺した毒はフグのものじゃない。スベスベマンジュウガニのものでしょう」

踊谷の顔色が変わった。

「どうしてそれを……」

「先輩の家に行ったとき、水槽にいた小さなカニがそれですね。あるひとに教えてもらったんですが、テトロドトキシンを持つ生物はフグ以外にもいろいろいて、アカハライモリ、ツムギハゼ、ヒョウモンダコ、それにスベスベマンジュウガニ、ウモレオウギガニなどがいるそうです。とくにスベスベマンジュウガニはオウギガニの仲間で関東から沖縄まで幅広い範囲で採集が可能なカニだそうです。今のところ中毒事例はないけど、テトロドトキシンを抽出することはできるはずですね」

テトロドトキシンは海洋微生物が生産したものを、貝やヒトデが食べ、それをまたフグなどの魚やタコ、カニ……といった生物が食べることによって蓄積されていく。

「先輩が撮影したスマホの映像も過去のものだということが判明しました。ゴダイバのアイスがちらと映ってましたので……」

踊谷は舌打ちをして、

「俺が犯人だっていうのか。じゃあ俺がいつ、どこで玉置だけに毒を飲ませることができたのか言ってみろよ」

「あなたは食後のアイスに、玉置の分にだけ仕込んだのです」

「毒をか？　カップに残っていたアイスを警察が調べたけど、なにも出てこなかったはずだ」

「毒を、じゃありません。あなたが仕込んだのは大量の山椒《さんしょう》です」

「なんだと……」

「アイスに入ってたなら冷たさと甘さで最初はわからなかったでしょう。でも、その効果が薄れてくるとじわじわ感じはじめ、玉置さんは『唇がぴりぴりしびれる』と言い出したのです。フグ料理店を出たところです。秘書の秋野さんはすぐにフグ毒中毒を疑いました。あなたが、運転手を呼んできてくれ、と言ったので秋野さんがその場を一瞬離れたあいだに、あなたは玉置さんに『フグ毒中毒の特効薬です』とかいって、スベスベマンジュウガニから抽出した毒を飲ませたのです」

「くそっ……まえに一度やったとき、板前としてめちゃくちゃ嫌な思いをしたから、もうやるまいと思ってたんだが、社長からとんでもなくうえの方からの依頼なんで事件は揉み消してもらえるから……と言われてね。社長にはいろいろ世話になってるから仕方なかった。まさか警察が潜入捜査するなんて、びっくりしたぜ」

「板前としていろいろ教わったあなたにこんなことをするのは心苦しいのですが……」

朝彦は権助から手錠を受け取ると、踊谷に見せた。それまで激昂《げきこう》していた踊谷だが、ふっと身体の力を抜き、

「いろいろ教わったって、そりゃ皮肉かい？　あんたは警察官なんかにしておくには惜しい腕だよ。マジでそう思う」

「踊谷さんは『花板探偵オドリダニ』になってほしかったです」

サイレンの音が左右から聞こえてきて、路地を塞《ふさ》いだ。

◇

フグ大王社長の大久保、従業員の踊谷と鞠山、国会議員の伴野とその秘書佐竹、そし

て、鈴虫組の会長鹿堂とその手下たちが逮捕され、事件は終幕を迎えた。マスコミは一転して「江戸明治大正昭和グランドパーク」建設に関する疑惑を面白おかしく伝えはじめたが、ほかの児飲党議員や大臣、ましてや首相に関する闇には一切触れることはなかった。そして、大リーグにいる日本人選手と有名アイドルグループのひとりの熱愛が判明すると、話題のすべてはただちにそちらに切り替わった。

「警視兆」にやってきた揚巻は冷や酒を飲みながら、

「今回は、伴野を逮捕できただけでもよしとしてくれ。政府からの圧力がひどくてな。つぎはわしもなんとかしたい。そのために『割烹《かっぽう》課』があるのだから」

ぶすっとして赤貝の造りを作っている朝彦に、

「おまえさんの気持ちはわかるが、ものごとはそう一朝一夕にはいかんのだ」

「わかってますよ！」

揚巻は苦笑いして、

「だが、これで花菱くんにもこの部署の存在意義を理解してもらえたんじゃないかな」

「はい……」

まな板を布巾《ふきん》で拭《ふ》きながら朝彦は、

（父親がやりたかったのは、これかもしれない……）

そんなことを思っていた。

第二話「桜田門で桜鯛」

フグ毒による代議士毒殺の件がなんとかかんとか終結し、しばらく経った。朝彦にとっても、あの事件は得るものが多かった。食品というのは直接口に入れるものだから命にかかわることも多いし、多くの犯罪は飲食の場で起こっているというのも実感できた。

しかし、そのあとはなにごともなく、朝彦は先輩たちの指導のもと、板前としての修業に励んでいた。寒い冬もようやく終わり、暖房を入れることもなくなった。帰宅時の夜道から見上げるおぼろ月などに、朝彦は春の訪れを感じていた。

「今日のお客さんはどなたですか？」

朝彦が「ささやき女将《おかみ》」こと森川春江課長にたずねると、

「揚巻相談役と組織犯罪対策部暴力団対策課の岡江《おかえ》課長、それに警視庁広報センターの野島《のじま》さんや」

「野島さん？」

「ああ、電話係をしてはる」

朝彦は少し怪訝《けげん》そうな面持ちになった。「警視兆」の客は警察関係者に限られているのだが、ほとんどがいわゆる「えらいさん」で、朝彦たちのような下っ端が来たことはなかった。広報センターの電話係というのは、なにか質問をしようと警視庁に電話をか

けたとき、

「では、担当のものに代わります」

といわれて、電話を回されるのがこのセクションである。メンバーも老若男女まちまちだが「えらいさん」がいるような部署ではない。電話での受け答え以外にも、「警察博物館」の案内やイベントの案内、PR誌やネットでの告知などを担当している。朝彦の疑問を感じたのか、森川が言った。

「あのな、野島さんは元は捜査四課の課長さんやったひとやで」

「しょえーっ」

捜査四課は通称「マルボウ」と呼ばれ、長年暴力団対策をメインに活動している部署だった。しかし、暴力団の犯罪が多様化したことから、二〇〇三年に生活安全部の薬物対策課や捜査二課の知能犯担当部署などと統合し、あらたに「組織犯罪対策部」として再出発した。刑事部のなかでも重要な地位を占める部署であり、そこの元課長というのはたいへんな「えらいさん」である。

「あと一年で定年でな、第一線から退いて、今は電話係をしてはる、というわけや」

マルボウといえば、ヤクザになめられないように、とヤクザよりもヤクザらしい恰好《かっこう》をしていることで有名である。ガタイもでかいし、丸坊主（マルボウだからマルボウズという説もあった）に髭《ひげ》、ミラーのグラサン、刺繍《ししゅう》の入った幅広のネクタイ、イタリア製のダブルのスーツ、太い革のベルト、白いエナメルシューズ……といったスタイルで、

取り調べでも、

「おんどれ、ええ加減にゲロせんかい！」

などと怒鳴りながら机をでかい手で叩《たた》く……というイメージだ。

「じゃあ、だれかから電話がかかってきても、『おんどれ、なんで電話なんかしてきやがった！　このくそ忙しいのにおまえらの応対してられるかい。出直せ！』……みたいなことを言うんですかね」

「言うわけないやろ。今の警視庁は『親しまれ、信頼される警視庁』やで。マスコットキャラまである時代や」

「ああ、せんとくん」

「アホ！　ピーポくんや！」

「ちょっといい間違っただけです。あの、裸にベルト締めてる宇宙人でしょう？　このビルのなかにもあっちこっちにありますから……」

「とにかく野島銀次郎《ぎんじろう》さんは、見かけはこわもてどころか、渋い、ダンディーなお方やった。趣味は盆栽で、どこから見ても警察官とは思えん。けど、暴力団はあのひとのまえに出たらみんなビビッてた。声を荒らげたりはせんのやけど、低い声で『お兄さん、そろそろ潮時じゃねえのかい。俺ぁ、知らねえふりしてるが、みーんなわかってるんだぜ。親父（組長）がなんとかしてくれると思ってるのかい？　甘《あめ》えな。このままじゃあお兄さんは生涯びくびくと後ろばかり気にしながら生きていかなきゃならねえんだぜ。

吐いちまいなよ。悪いようにゃしねえ。俺が……ギンギンの銀次郎が命にかえて保証する』と言ったあとサングラスを外して、ぎろりとひと睨《にら》みしたら、たいがいのワルは『恐れ入りました』と白状したもんや」

「かっこいい！」

「嘉十《かじゅう》組の本部事務所にたったひとりで乗り込んでいって、拳銃《けんじゅう》七、八丁突きつけられながら平然と組長に手錠をかけた、ゆうのも有名な話やで。あと、梁棒《はりぼう》組を壊滅させたときも、向こうが撃ってきた弾をつかんで投げ返したらしい。ほんまか嘘か知らんけどな」

「うわあ、弾をつかむなんてすごい！」

「嘘に決まってるやろ。でも、そういう噂が立つぐらいのおひとや、ちゅうことや」

「へえー、料理を出すとき手が震えそうです」

「ははは……心配いらん。マルボウひと筋で何十年。いろいろあったやろけど、今はお孫さんもできて、もうすっかり丸うなったそうや。あんたらもそのつもりで応対してや。――塙ちゃん、今日はなにが入ってる？」

朝彦の先輩塙団吾が色鮮やかな大きな鯛《たい》を持ち上げて、

「最高の桜鯛が入ってるんで、これでいろいろこさえようと思ってます」

今日の朝彦の相方、というか指導者である塙団吾は鯛を見ながらニンマリとした。活《い》けの鯛は持ち上げられてびくん、びくんと身体を左右に振った。塙団吾は朝彦より十歳年上で、とくに魚をさばかせたら右に出るものはいないという評判である。しかも、海の魚でも川の魚でも、魚のことを知り尽くしており、だれも知らない魚を見せても、

「ああ、駿河《するが》湾で獲《と》れる深海魚のアホダラ、学名はシバクドクルルスだな。煮つけにするとコラーゲンぶりぶりで美味《うま》いよ」

などと即答する。勉強家というより、本当に魚が好きなのだろう。そういえば、顔も魚に似ているといえば似ている。歌舞伎の「仮名手本忠臣蔵《かなでほんちゅうしんぐら》」で塩冶《えんや》判官は高師直《こうのもろなお》に、

「そこもとの顔がフナに似てまいった。フナだ、フナだ、フナ侍めが」

と言われて激怒し、殿中であることを忘れて思わず斬りつけてしまうのだが、塙団吾ならかえって喜んでしまうかもしれない。しかし、逆に「肉」には興味ないようで、

「歯ごたえがあって美味《おい》しい豚肉ですね。え……？　羊の肉？」

みたいなことはしょっちゅうある。

「献立はなんや？」

「そうですね。『鯛百珍』というぐらいで、いろいろ料理のやりようはあるんですが、せっかくこれだけの桜鯛が入ったんだから、小細工はせず、刺身、松皮造り、塩焼き、かぶと煮、てんぷら、つみれの吸いもの……最後は鯛茶でしめましょうか」

「美味《おい》しそうや。今日はとことん桜鯛を味わい尽くす、ゆう趣向やな。ほな、頼むで」

「でも、そのひと、鯛が嫌いとか魚が苦手とかではないでしょうね」

「事前に聞いてもろたけど、魚は全般お好きみたいや。存分に腕を振るうてや」

「へい！」

どう考えても警察官の会話とは思えないが、朝彦はもう慣れてしまった。塙団吾は朝彦に、

「この鯛、ウロコ引いておいてくれ」

「へい！」

これまた警察官の会話とは思えない。ふたりに海原メモルも加わって熱心に下ごしらえしているとき、スツールに腰をかけた森川はだれに言うでもなくつぶやくように言った。

「弾をつかんで投げ返したのは嘘や、てドジ坊以外ならすぐにわかるけど、野島さんには昔から都市伝説があってな……あれはほんまやろか嘘やろか、わてもいまだにわからんのや」

塙団吾が出汁《だし》を味見する手を途中でとめ、

「もしかしたらあのことですか」

「そや……あのことや」

朝彦が、

「あのことってなんですか？」

森川と塙、海原は顔を見合わせた。しばらく沈黙があって、塙が言った。

「じつは、野島さんの背中にはモンモンが入ってるんじゃないか、という噂なんだ」

「モンモン？ゲームのですか？」

「それはポケモンだ。俺が言ってるのは、クリカラモンモン……つまり刺青《いれずみ》だ」

「ああ、タトゥーですか。お洒落《しゃれ》ですね」

森川たちはコケそうになった。

「あ、あんさんなあ……警察官が刺青入れてええわけないやろ。それも、肩にちょこっと、とかやない。背中一面に背負ってる、ゆうのやで」

「でも、このまえ海外ドラマ見てたら、ニューヨーク警察の警官が両腕にものすごいやつ入れてましたよ。かっけー、と思って……」

「まあ、日本と海外では刺青に対する認識もかなりちがうわな。日本では、まだまだ懲罰的な意味とか反社が一般人をビビらすために入れる、とかいう感じで受け止めてるひとが多いけど……あんさん、まさか刺青入れてるんやないやろな」

「入れてませんけど……今のところは」

「あかんで、入れたら」

「どうしてです？」

「アホ！　潜入捜査がでけへんようになるやないか！」

「あ、そうか……。でも、野島というひとはどうして背中一面に入れたんでしょう？」

塙団吾が、

「それは俺もききたかった。どうしてそんなことしたんですかね。遠山《とおやま》の金《きん》さんにあこがれて、とか……」

朝彦が、

「だれですか、その遠山っていうのは？」

「知らないのか。背中一面に桜吹雪の刺青入れてるひとだ」

「それこそ警察官はむずかしいんじゃないですか？」

「警察官じゃない……けど、まあ似たようなもんかな。もっとえらい、警視総監みたいなひとだ」

「えーっ、警視総監が刺青を？　そりゃすごい」

「おまえ、知らないのか。『この金さんの背中に咲いた遠山桜は年中散らねえ……』」

塙はポーズ入りで説明しかけ、それがまったく本筋とは関係ないことに気づき、

「あとでスマホで検索しとけ。――すいません、課長。で、なんでそんな噂が立ったんでしょう」

「事件が起きて捜査本部が設置されたら、しばらくは所轄の警察署に泊まり込むことになるやろ。たいていは柔道場かなにかで雑魚《ざこ》寝《ね》や。汗臭いで。そういうとき、だれかが銭湯に誘っても、絶対行こうとせんらしい。それだけやない。剣道とか柔道とかの稽古《けいこ》で汗をかいたあともシャワーも浴びようとせんのや。それで、だれかが冗談半分で『野島さんは刺青入れてるのとちがうか』と言い出したみたいやな。けどなあ……まんざら根も葉もない噂とは言い切れんらしい」

「と言いますと？」

「野島さんは、日本一の腕前と言われた『彫蛸《ほりだこ》』ゆう彫師と仲が良かったのや」

「なるほど……でも、どうしてそんなことを？」

「うーん……ほんまのところはわても知らんけど……たぶん野島さんは暴力団対策に命をかけてたさかい、ヤクザが刺青で脅しをかけてきたら、それを上回る刺青でビビらせようと思たのとちがうやろか。──ていうか、野島さんが刺青入れてる、ゆう話自体、ただの噂なんや。だれも確かめたものはおらん。彫蛸さんももう亡くなったし、野島さん本人にきくわけにもいかんし、きいても答えてくれへんやろ。せやから気になってなあ……」

「俺がうっかり背広に水をかけましょうか。課長が『すんまへん。この子はとにかくドジで、ドジ坊ゆうあだ名だすのや』とか言いながら背広を脱がします。そうしたら、シャツが水で濡《ぬ》れてるから刺青があるかどうかわかるんじゃないでしょうか」

「あのなあ、そんなこと絶対にしたらあかんで。今はおとなしゅうしてはるけど、相手は梁棒組を壊滅させたおかたやで」

やがて、揚巻相談役の先導で岡江課長、そして野島が現れた。岡江は現役の暴力団対策課なのでサングラスをかけ、ストライプの入った背広に孔雀《くじゃく》の縫い取りのあるネクタイという恰好《かっこう》だが、野島は和服だった。しかも、かなり高額そうな紬《つむぎ》で、

（これじゃあ水はかけられないな……）

朝彦はそう思った。帯は博多帯《はかた》で、扇子を差している。履物は雪駄《せった》だ。野島は頭を短く刈り、柔和そうな目をしており、マルボウというより「職人」という言葉がぴったりの人物だった。どう見ても刺青など背負ってるようには見えない。

三人はカウンターに並んだ。揚巻が、

「女将《おかみ》、今日はなにを食わせてもらえるのかな」

「桜鯛《さくらだい》だす。ええのが入っとりますので、お造りから塩焼き、てんぷら、かぶと煮……いろいろとこしらえるつもりだす」

「そりゃ楽しみだな」

そのとき、野島銀次郎が、

「ダメだ」

「え……？」

「桜鯛は食えねえんだ。すまねえがほかの料理にしてもらえねえかな」

森川が蒼白《そうはく》になり、

「そ、そうでしたかいな。けど、お魚はなんでも大丈夫やと……。鯛はあきまへんでしたか」

「いや……鯛は好物なんだが……桜鯛だけがいけねえのさ」

皆はきょとんとして顔を見合わせた。桜鯛というのは真鯛のうち、桜の季節に獲《と》れるものをそう称しているだけで、要するに鯛である。しかも、真鯛の旬は春だから、桜鯛というのは「美味《うま》い鯛」ということでもあり、桜鯛だけが嫌だというのは難癖のようなものである。すっかり白けた雰囲気になった店内を取り繕うようにして森川が、

「ほな、野島さん以外は桜鯛で、野島さんはなにかほかのものをご用意しまひょ」

揚巻が、

「いや、せっかくだからわしらも野島くんに合わせよう。桜鯛はまたつぎの機会に、ということで……」

「そ、そうだすか。承知いたしました。塙ちゃん……」

森川がちらと塙団吾を見ると、食材はなんとかなる、という証拠に塙は小さくうなずいた。

結局、その日は献立をすべて変更して、サワラとメバルを使った料理になった。それはそれで塙たちが腕に縒《よ》りを掛けてこしらえた見事な品々だった。皆はすっかり満足した。「鯛の口になっていた」揚巻と岡江も不満のかけらもなく堪能《たんのう》したようだ。締めの釜《かま》めしを食べたあと揚巻が野島に、

「きみが桜鯛が苦手だったとは意外だったな。でも、おかげで美味《うま》いサワラとメバルが食えた」

「申し訳ありません。桜鯛だけはダメなんで……」

その理由をきこうかどうか揚巻が迷っているように朝彦には思えた。しかし、岡江が無頓着《むとんちゃく》に、

「で、どうしてまた桜鯛が苦手なんですか」

朝彦には、一瞬店内が凍り付いたような気がした。野島は顔を伏せて、

「どういうのかな……桜アレルギーっていうんですかね、桜の季節になって花を観にいくと頭痛がしたり、くしゃみが出たり、発熱したり……身体の具合が悪くなるんです。それが高じて、今では桜という言葉を聞くだけでもそうなっちまうんで……」

「へえー、天下無敵の泣く子も黙る野島先輩にも苦手があったんですね」

「俺ぁ天下無敵なんかじゃねえよ」

野島は苦笑いした。揚巻が、

「じゃあそろそろお開きにするか。今日は楽しかったよ」

野島が、

「こちらこそお誘いいただきありがとうございます。わがまま言ってすみません。明日《あした》からしばらく休みをいただきますんで、そのまえにおふたりとお会いできてよかった……」

「うん……で、どうだね、このまえから言ってた件だが……」

どうやら揚巻から野島へなにか頼みがあっての会食だったようだ。

「いえ……俺は広報の仕事に満足してるんで、揚巻さんのおっしゃるように暴力団対策に戻る気はねえんです」

岡江が居住まいをただし、

「うちの部署の連中も、先輩の復帰を望んでおります。今、暴力団の活動は麻薬、賭博《とばく》、売春、銃器密売にはじまり、オレオレ詐欺、ネット詐欺、闇バイト、広域強盗……たいへんなことになっています。我々もそのすべてに対応しようと思ってはおりますが、それぞれ専門専門に分かれてしまっていて、中心にどっしり座り、ガツン！　とにらみをきかせる方が必要なんです。戻っていただけませんか」

「そうしてえ気持ちもあるが、俺ぁどうしてもやりたいことがあってね……それをなしとげるまでは気楽でいてえのさ。悪《わり》いな、勘弁しちくれ」

そう言ってから女将に向かって、

「すまなかったね。けど、サワラの刺身と塩焼き、メバルの煮つけは美味かった。新鮮でぷりぷりしてて、頬《ほ》っぺたが落ちそうだったぜ」

「ほほほほ……またのお越しをお待ちしております」

三人が帰ったあと、森川春江は長いため息をつき、

「よかった。なんとか満足してもらえたらしい。なんとかあんたらがすぐサワラとメバルに切り替えてくれたおかげや。おかげで乗り切れた」

塙団吾が、

「こんなことになるなら、マルボウならぬマンボウでも出しておけばよかったですね」

朝彦が、

「マンボウは食えるんですか」

「食えるとも。刺身、唐揚げ、煮つけ……腸《はらわた》も肝も食えるよ」

女将が、

「マンボウはともかく、桜鯛はどないしよか」

塙団吾が、

「もうウロコを引いてしまったんで、明日のまかないに使います」

森川は舌なめずりをして、

「桜鯛のまかないなんて贅沢《ぜいたく》やなあ。わてはお造りと浜焼きとソテーとつくねとチラシ寿司《ずし》があったらほかになんにもいらん」

「そりゃそうでしょう」

塙が呆《あき》れたように言った。海原メモルが、

「ひとつわからないことがあります。野島さん……桜鯛のことはともかくとして、どうして暴力団対策課に復帰なさらないんでしょうか。なにか心残りがある、とかおっしゃってましたけど……」

森川が、

「わてにもわからんけど、あのお方はマルボウ時代に一回だけしくじりをしたのや」

「え？　俺みたいですね」

朝彦が言うと、

「あんさんと一緒にしなさんな。――けど、まあ、そういうことやわな」

「どんなしくじりです」

「捜査四課のころ……十年ばかりまえやったかな、野島さんの直属の部下に、たしか麻《あさ》倉《くら》さんゆう名前の警部補がいてはった。このお方も暴力団対策に命をかけてはって、野島さんもかわいがってたわ。あるとき、上野《うえの》の宝飾店で強盗殺人事件があってなあ……」

夕方、宝飾店の店舗に乗用車がいきなり突っ込んだ。客の少ない時間帯を選んでの犯行だった。降りてきた男が、大破したショーウィンドウから高額な時計や宝石を盗み、乗ってきた車で逃げようとしたが、車はどこかが壊れたらしくエンジンがかからなかった。その隙に店員のひとりが男を取り押さえようとした。しかし、男は落ち着いており、拳銃《けんじゅう》を取り出しその店員を射殺した。そして、車を捨て、徒歩で逃げ去った……。

「店員を撃った拳銃はトカレフやったさかい、暴力団関係者の犯行と考えられた。目撃証言なんかから、浦伴《うらばん》組の若頭で天竺《てんじく》いう男が容疑者として捜査線上に浮かび上がった。野島さんは麻倉さんに捜査の指揮を執るように命じたのやけど……」

数週間後のある日麻倉は、天竺の潜伏場所を突き止めたので今から接触します、と連絡してきた。驚いたことに、それは警視庁からさほど離れていない場所だった。相手は拳銃を持っていて危険である。刑事は普段は丸腰なのだ。野島は、

「ひとりでは無理だ。俺が行くまで待ってろ」

と言ったが、

「急がないと逃亡される可能性があります。自分にお任せください」

野島はあわてて、自分で覆面パトカーを運転し、その場所に急行した。四課の刑事が出払っていて、咄嗟《とっさ》に動けるのが野島だけだったのだ。しかし、現場に到着した野島が見たのは射殺された麻倉の死体だった。

ほかの部下たちとともに救急車が到着したが、もう手遅れだった。体内から摘出された弾丸はトカレフ用のものだったので、撃ったのはおそらく天竺だろうと考えられたが、彼の姿はなかった。

ただちに非常線が張られたが、天竺はそれをかいくぐって逃亡し、姿をくらました。入国管理局にも手を回したにもかかわらず、どうやらシンガポールあたりに国外逃亡したらしい。というのは、麻倉の死体が一枚の紙を握りしめていて、そこに書かれていた数字や記号がシンガポールに本社のある銀行の口座番号だとわかったからだ。宝飾店で盗んだものを換金し、そこに入金していたものと思われた。すぐに確認したが、金は引き出されたあとだった。

その後の天竺の行方は杳《よう》として知れない。いまでも駅や銭湯などに顔写真を載せた手配書が貼られている……。

「部下思いの野島さんはな、そのことをものすごく悔やんで、一時は警視庁を辞める、とかなり強硬に言うてはったらしい。けど、周囲がさんざん説得して、結局半年ほど休職したあと、復帰してくれた、というわけや」

「そうだったんですか……」

「でも、さっきのやりとりでもわかるとおり、暴力団対策の仕事にはがんとしてつきはらへんのや。それを説得しようと揚巻さんが今日の一席を設けはった……ゆうことなんやろなあ」

「浦伴組はそのあとどうなったのですか」

朝彦が言うと、

「多少は勢力が衰えたけど、まだまだ活発や。組織犯罪対策部も最初は『麻倉の仇《あだ》を討て』ゆうてしゃかりきに天竺の行方を追っかけてたけど、なかなか国外までは手が回らんし、ほかの事件もぎょうさん抱えてるから、近頃は話題に出ることは少ないな。関係者も知らぬ存ぜぬで通したから、浦伴組の関与も認められず、天竺が殺《や》ったという証拠も出てこんかった」

朝彦は、

（信頼していた部下を殺されて、さぞかし腹が立っただろうな……）

そう思った。

◇

その翌日の昼、塙団吾から買いものを頼まれた朝彦は、大きなエコバッグを提げて川べりの土手を歩いていた。エコバッグの中身は清涼飲料水や果物、野菜などである。近くに「警視兆」ご用達のスーパーマーケットがあるのだ。

朝彦はこの川に沿って歩くのが好きだった。川といっても小川のようなものだが、両岸に計十本ほどのミニ桜並木がある。もうすぐ満開という時期なので、昼休みの時間帯になると近所の住人や会社員が花見にやってくるが、皆、行儀よく静かに桜を楽しんでいる。都心に近いが、一種の穴場スポットなのだ。

（あれ……？）

朝彦は足を止めた。土手の端の方で二十人ほどが大声を上げて騒いでいるようだ。

（いつもは平日は、酔っ払いなんてほとんどいないのに……）

近づいていくと、ヘルメットをかぶり、作業服を着た男たちに一般の男女が詰め寄っているのだ。なんらかのトラブルがあったように思われた。

「伐採なんかぜったいにさせないからな！」

「そうよ！　切るんなら私の身体を切ってからにしなさい！」

「どうしてこんな立派な桜を切るんだ」

「嘘つきめ！　ただのメンテナンスだと言ってたじゃないか！」

興奮して大声を上げる男女に対して、手に電動ノコギリなどを持った伐採業者たちは困惑した表情である。監督らしき男が進み出て、

「もう決まったことですから……文句があるなら区の方に言ってください」

「区役所に行っても相手にされないんだ。ただの剪定《せんてい》です、区が管理している木に定期的なメンテナンスは必要ですから……そう言われ続けて気が付いたら伐採することにな

ってた。今更変更できない、手遅れです、あきらめてくださいそうこうしてるうちに伐採がはじまったんで、こうして止めにきたんだ」

「作業の邪魔ですし、そこにいると危険です。出ていってください」

「あんたたちこそ出ていきなさいよ。ここは区民の憩いの場なんだから」

「ここにはサイクリングロードができることになってます。区民のためになります」

「だれもそんなもの望んでいない」

「我々は仕事でやってるんです。ちゃんと事業計画が区議会に提出されて、議論を尽くしたうえで正式に承認されたんですから……」

「区議会が区民に諮ることなく勝手に決めたんだ。川を埋め立てて木を全部伐採するなんて、そんなことは許されないぞ」

「うーん、やりにくいなあ……」

そのとき、朝彦は気づいた。伐採に反対している住民のなかに、なんと野島銀次郎の姿があったのだ。サングラスをかけマスクをして帽子を目深にかぶっているが、昨日会ったばかりだから間違いなかった。さすがに今日は和服ではない。朝彦はそっと近づいていった。

「伐採反対！」

いちばん後ろで野島は拳《こぶし》を突き上げていた。

(昨日は、桜アレルギーだ、と言っていたのに、桜の伐採には反対するんだな……)

「桜」と名のつくものはどれも嫌いなのかと思っていたが、どういうことだろう。

（桜……桜……）

なにかが引っかかって朝彦はしばらく考えていたが、ふと気づいた。

（さくら……あさくら！）

もしかしたら殺された麻倉という部下のことが関係しているのではないか、と朝彦は思った。

「わかりましたよ。今日のところは伐採は中止します」

監督が諦《あきら》め顔で言った。

「俺たちが帰ったあと、作業をはじめるんじゃないだろうな」

「そんなことはしません。でも、明日《あした》はまた同じ時間から伐採スタートしますよ。なにしろこっちは仕事なんですから。し・ご・と！——おい、みんな、引き上げるぞ」

作業員たちはぶつぶつ言いながら帰っていった。反対者たちも、

「明日はもっとがんばるからね！」

「おう！」

気炎を上げたあと解散した。遠巻きにしていた花見客がまた戻ってきた。朝彦は疲れたような顔でこちらに歩いてくる野島に、

「野島さん……」

野島はぎょっとして朝彦を見ると、

「お、おめえは昨日の板前じゃねえか！　どうしておめえがここに……」

「買いもの帰りに通りかかったんです」

野島は朝彦を桜の陰に引っ張り込むと、

「おめえ、俺がしてたこと、だれにも言うんじゃねえぞ」

「いけませんかね。地方公務員にもなにかに反対する権利はあるでしょう」

「そんなんじゃねえんだ。いいから黙ってろ。いいな」

「野島さんは伐採に反対なんですか？」

「そうさ。桜を愛《め》でてえからな」

「理由はそれだけですか？」

「そうだ。——おい、おめえ、ここにいる連中に警察官だってことをぜったいに知られねえようにしろ。木を切ろうとしてるやつらにも、反対運動してるやつらにも、どっちにもだ」

「なぜ知られちゃいけないんです？」

「いろいろあるんだよ」

「野島さんも、警官であることを隠して参加してるんですか？」

「うるせえな。もう二度とここに来るんじゃねえぞ」

「もしかしたら……このために休みを取ったんですか？」

「……………」

野島はそれ以上なにも言わなかった。朝彦はよほど「桜↓麻倉」という連想について きこうか、と考えたが、なんとなく今は口にしない方がいいように思えたので止めた。そのかわりに思い切ってもうひとつの案件を調べてみることにした。

「じゃあ、俺は行くから……」

歩き出そうとした野島に後ろから、

「ちょっと暑いですね。炭酸水を買ってきたので飲みませんか？」

「いらねえよ」

「まあ、そう言わずに。脱水症状は怖いですよ」

そう言うと朝彦はエコバッグから炭酸水のペットボトルを取り出し、よく振ってからキャップを開けた。勢いよく中身が野島のワイシャツ一面にかかる……はずだったのだが、方向が逸《そ》れて、すぐ隣にいたソフトクリームを食べながら花を見上げていた男性の頭から降り注いだ。

「な、なにするんだ！」

「すいません！　すぐに拭《ふ》きますから！」

チョコ味のソフトクリームが服にべったりついている。男はカンカンになり、

「拭くだけじゃダメだ。水で洗わないと……」

「わかりました。えーと……けど、水がないなあ。どうしよう。あ、そうだ。小川の水で洗おう。ちょっと汲《く》みにいってきますのでしばらくお待ちを……」

朝彦が土手を下りていこうとすると、

「馬鹿野郎！　ミジンコやらミドリムシやらが泳いでるような水で洗われてたまるか。炭酸水で洗えばいいだろう！」

「あ、そうか。それは気づかなかった……」

朝彦が必死で男の頭や服をペーパータオルで拭《ぬぐ》っているうちに、いつのまにか野島は消えてしまっていた。

◇

「警視兆」に戻った朝彦に塙団吾が、

「遅かったな。どこで油売ってたんだ」

見ず知らずの男性に炭酸水をぶっかけてしまい、いろいろ買い直していたので遅くなった……とは言えない。

「すいません、スーパーからの帰りに、土手の桜がきれいだったので、つい見とれて……」

森川課長が、

「勤務中やで。しっかりしいや」

「は、はいっ」

エコバッグから購入品を取り出しながら、

「あそこの桜、伐採されるんですね。作業員たちと反対運動のひとたちが一触即発な感じでした」

「あの桜はわても好きや。目黒《めぐろ》川やら北《きた》の丸《まる》やら……ああいう派手さはないけど、あれぐらいの本数で十分やで」

「川も全部埋め立てるそうです。サイクリングロードができるとか言ってましたけど……」

「さあ……なにか再開発の利権やろな」

塙団吾が包丁を研ぎながら、

「近頃あっちこっちでそんな話を聞きますね。並木を切るとか切らないとか……。枯れかかっていて危ないものはともかく、何十年もかけて大きくなった木を一瞬で切り倒してしまう、というのは気持ちのうえで受け入れにくいところがあります」

朝彦が、

「あれは由緒ある桜ですか?」

「さあ……上野とか浅草《あさくさ》のは江戸時代からあるけど、あそこの土手のはどうかな。たぶんそれほど古くはないだろう」

森川が、

「なんや、ドジ坊。あの土手が気になるんか?」

「いや……まだわかりません。でも、もしかしたら野島さんの部下が殺された事件と関係があるかも……」

「ほんまかいな……。ちょっと説明してみなはれ」

朝彦は、野島が桜伐採の反対運動に参加していたことを口にしようかと思ったが、それは言わない約束である。

「あの……野島さんはあそこの区民ですか？」

「なんや唐突に……。ちがうと思うで。山手線《やまのて》で通てはるみたいやさかい」

昆布出汁《だし》を取っていた海原メモルが小皿にその出汁を入れて森川に渡した。森川は目をつむってじっと味わっていたが、

「よろしい。ええ出汁や」

「ありがとうございます。――今日のお客さんはどちらさまですか？」

森川はにやりと笑って、

「岡江課長や」

「えーっ。二日続けて？」

「口が桜鯛《さくらだい》の口になったままどうしても戻らんさかいなんとかならんか、て言うてきはったのや」

「おひとりですか？」

「いや、薬物銃器対策課の白石《しらいし》さんゆう課長さんと一緒や」

怖そうな組み合わせだ、と朝彦は思った。やがて、予約の時刻が来て、岡江と白石が

現れた。岡江は、

「また来ました」

そう言ってにっこりした。揚巻相談役や野島がいない分昨日よりリラックスしているようだ。森川が頭を下げ、

「ふつか続きでおいでいただきありがとうございます。まさか白石さんも桜鯛があかん、ゆうことはおまへんやろな」

恰幅《かっぷく》のいい白石はえべっさんのような笑みを浮かべ、

「もちろん大丈夫。桜鯛とはいい名前だな。今の季節にぴったりだ」

「旬ですさかいな。これが秋になるとモミジ鯛《だい》と呼び名が変わります」

「ほほう、モミジ鯛でもイノシシ鯛でも蝶鯛《ちょうだい》でも、なんでもいただきますよ」

岡江は、

「ばーか、そりゃ花札だよ」

どうやらふたりは仲がいいらしい。ビールを注ぎ合って水のように飲みながら、きゃっきゃっと笑っている。

料理はまず、松皮造りの酢味噌和《すみそあ》えが前菜代わりに出た。

「こういうのを最初に食うと、食欲がどんどん湧いてくる感じだな」

白石が言うと岡江も、

「昨日は食えなかったからな。揚巻の爺《じい》さんと野島さんに挟まれて往生したぜ」

「野島さんはどうだい？」

「ずいぶん丸くなった、と思ってたが、あの眼光はやはり怖いな。下で働いてたときのことを思い出してブルッちまったよ」

「へえー……」

つぎに刺身、塩焼きが順番に出された。

「鯛を食うなら、これはぜったいに外せないな」

「王道ってやつだ」

真薯《しんじょ》の吸いものとともに、肝と真子の煮つけが箸休《はしやす》めとして出された。

「これはいくらでも飲めるなあ」

「こんな美味《うま》い鯛を食わないなんて、野島さんは大馬鹿だよなあ」

その瞬間、扉が開いた。皆がそちらに目をやると、野島銀次郎が立っていた。店内はしん……と静まり返り、くつろいだ空気のかわりにひりつくような緊張がそこを埋めた。

白石は気を付けの姿勢で立ち上がると、

「ごぶさた……して……おります！　薬物……銃器……対策課の……」

頬《ほ》っぺたの肉や手足がぶるぶる震えている。

「ああ、覚えてるよ」

森川が、

「あの……なにか……」

　さすがにおずおずとした口調でそう言うと、

「昨日、ここに扇子を忘れてなかったかね」

「いえ……店の掃除は徹底的にやってますけど、そういうものはおまへんでした。あとでもう一回、よう捜してみます」

「いや、ここで落としたんじゃなさそうだな。そうすると……」

　野島は、ちらと朝彦を見た。相手を押しつぶしそうな眼力だ。

（しゃべっていねえだろうな……）

　という意味だと思った朝彦は動じることなく、軽くうなずいた。野島も、朝彦にだけわかるようにうなずいた。そして、

「ふつか続けて、けっこうなご身分ですな」

　岡江に向かってそう言うと、

「失敬」

　と言って出ていった。扉が閉められたとき、店のなかで「ほーっ」というため息が複数聞かれた。白石が、

「ヤバかったー！　大馬鹿って言ったの、聞こえてたかな……」

　岡江も、

「すごい嫌みをぶちかまされたぜ。桜鯛を食いにきたの、気づいたかな……」

　森川が手を軽く叩《たた》いて、

「まあまあ、お料理はまだ続きます。どんどん食べて飲んどくなはれ」

揚げたてのてんぷらをひと口食べた白石は野島のことを忘れたように感嘆した。

「噛《か》もうと思ってないのに身がほろほろ崩れるね。美味い美味い」

森川が、

「鯛のてんぷらといえば、徳川《とくがわ》家康の大好物やったそうだっせ」

「ほほう、俺たちは初代将軍並か」

「けど、それ食べて死んだそうでおます」

カブトと若竹のあら炊きが出た。ふたりは細かい身をほじくり返して口に運び、酒を飲んだ。白石が、

「タケノコが鯛の旨味《うまみ》を全部吸ってるねえ」

岡江が、

「あー、食った食った。野島さんじゃないが、ふつか続けてというのは極楽気分だな」

締めの鯛飯《たいめし》に出汁をかけて食べながら、話題は自然に野島のことになった。朝彦が、

「野島さんの部下だった麻倉さんというのはどういうお方でしたか？」

岡江が、

「そうだな……。ひと付き合いが悪いやつだったが、野島さんは目をかけてたな。たしか名前は……麻倉ひろしって言ったはずだ。真面目だったな。こうと思ったら突き進むタイプで、単独行動が多かった。殺されて責任を感じたのか、野島さんは今でも奥さん

と子どもふたりの生活の援助をしてるはずだよ。もともと部下の面倒見がいいひとだったけど、刑事は薄給だからね」

「野島さんは、思いやりのある方ですね」

「まあ、俺には怖い上司だった」

「ひとつおききしていいですか」

「ああ、なんでもきいてくれ」

食後のアイスを三つ食べながら岡江が言った。

「よく警察と暴力団の癒着、みたいな話を聞きますが、そういうことってほんとにあるんですか」

岡江は顔をひきつらせ、
女将《おかみ》が、

「きみもすごいことをズバリときくねえ」

「すんまへーん。この子、ちょっとまえに流行《はや》った言葉でゆうたらKYというか……」

「いや、その度胸に免じて答えてやろう。いいか、花菱、よく聞いてくれ。以前はマルボウの刑事と暴力団の癒着という構造はたしかにあった。きれいごとではやっていけない仕事だし、相手のふところに飛び込んでいかないと情報も取れない。暴力団による犯罪は日々起こっているんだから、それを防いで一般市民のためにも、ある程度距離を縮めることは必要だった。ちょっとしたガサ入れなら、組長の顔を潰《つぶ》さないためにこっちから向こうに菓子折りのひとつも持っていったし、礼に時計やネクタイをもらうことも しばしばだった。情報をもらうのに、一緒にラーメン食ったり……それぐらいのことは あたりまえだったんだ」

「へー」

「でかい抗争を防いで、市民の安全を守るためなんだ。——けど、それは昔の話だ。今 はそんなことをしたら、暴力団排除運動に取り組んでる連中が黙っちゃいない。ヤクザ もいろんなタイプが出てくるし……とにかくクリーンに付き合わないといかんのだ。コ ーヒーを一杯おごってもらっても、おごってもダメだね。そういう意味でいうと、野島 さんはああいう連中と本音で付き合ってた最後の刑事かもしれんなあ……」

感慨深げにそう言ったあと、

「お、おい、野島さんが癒着してるとか思ってるんじゃないだろうな。あのひとは潔白 だよ」

「わかってます」

「今は政治家とか公共団体、大企業なんかと暴力団がつるんでる時代だから、俺たちも やりにくくてしかたがない。すぐにどこかうえの方から電話がかかってきて、捜査中止 に追い込まれる。よほどしっかりした証拠を握ってから動かないと揉《も》み消されちまう」

朝彦は、フグ鍋《なべ》事件のとき、政治家と鈴虫組の関係を目の当たりにしたことを思い出 した。

「えーと……あと、もうひとつおうかがいしたいんですが……」

「怖いねえ、きみは。なんでもきいてくれ、とは言いにくいぜ」

「野島さんが刺青《いれずみ》を入れてるかもしれないって話を聞いたんですが……」

岡江は苦笑して森川を見ると、

「なかなか豪傑だね。俺ならそんなこと絶対に言えない。でも、俺もそういう噂は聞いたことがある。——あのひとは彫蛸って彫師と昔から親しくてね、気が合ったというか……」

「どうして親しかったんでしょう」

「彫蛸は日本一の和彫り刺青の職人でな、機械を使わず、筋彫り、羽彫り、突き彫り、ぼかし……なにをやらせても一流の腕だった。しかも、刺青の図柄も古くからある浮世絵のデザインだけじゃなくて、オリジナルにこだわってた。そんなところがヤクザ連中に気に入られて、『彫蛸のもんもん背負えば一人前の極道』みたいに言われるようになったんだ」

「ステイタスですね」

「俺は、彫蛸が彫った安目《やすめ》組の幹部の般若《はんにゃ》の刺青を見たことがあるが、たしかに見事なもんだったよ。よくわからないがゲージュツっていうのかな……そんな域に達してると思った。まあ、野島さんはヤクザとの付き合いを通じて彫蛸とも知り合いになったんだろうな」

「彫蛸というひとは、よほど名人気質《かたぎ》だったんでしょうね」

「そうなんだろうけど、俺が聞いた話じゃけっこうひょうきんでいたずら好きなところもあったらしい」

森川が、

「大阪弁でいう『いちびり』ゆうやつだすな」

岡江はうなずいて、

「たとえば竜のウロコに中日《ちゅうにち》ドラゴンズのマークが入ってたり、亀の彫りものの隅に亀んライダーが彫ってあったり、九尾のキツネの後ろにキューピーが隠れてたり……」

「それは、彫られる方と相談のうえでそないしますのか」

「いや……できあがってみたらそうなっててびっくり、みたいなことでしょう。最後の最後にちょこちょこっと彫るんじゃないですか」

「本人がタイガースファンやったらドラゴンズのマーク……洒落《しゃれ》にならんなあ」

「まあ、そんな性格だったもんで、極道とも警察とも公平に付き合っていたみたいです」

「へえー」

「けど、野島さんが刺青を入れてるなんてことはありえないね。即、クビだろうから」

「でも、地方公務員が刺青をしてはならない、という規定はありません」

「ははは……遠山の金さんじゃあるまいし……」

また出た、遠山の金さん……！

「野島さんが桜吹雪の刺青をしてたら面白いけどな。遠山桜ならぬ野島桜だ。ヤクザの事務所に単身乗り込んで、『この野島桜が見えねえのか！』って啖呵《たんか》を切りながらもろ肌を脱ぐ。そのあと警察の取調室での聴取のとき、相手がシラを切ったら、『おうおうおうおう！　証拠があるかだと？　だったら見せてやろう。目の玉ひんむいて、とっくりと見やあがれ！』そこで、もう一度桜吹雪を見せつけて……容疑者たちが『恐れ入りました……』野島さんは服を着直して、『これにて一件落着……！』……というのは一度でいいから見てみたいぜ」

結局、岡江と白石はアイスクリームを五つずつ、桃のゼリーをふたつずつ食べて帰っていった。片付けをしながら朝彦が唸《うな》ってばかりいるので森川が、

「どないしたんや。便秘みたいにうんうん唸って……」

「どうもひっかかるんです」

「なにがや」

「えーと、その……野島さんの件です」

「刺青してるかどうかかいな」

「そうじゃありません。うまく言えませんが……」

「土手の桜も関係あるんか？」

「それもわかりませんが……なにか事件の匂いがします」

塙団吾がにやりとして、

『桜の樹の下には屍体《したい》が埋まっている』っていうからな」

「えっ！　ほんとですか！」

「ほんとのわけないだろ！　梶井基次郎《かじいもとじろう》の『桜の樹の下には』っていう小説の有名な一節だよ」

「なんだ、小説か……」

「おまえなあ……それじゃあ梶井基次郎の『檸檬《れもん》』も知らないだろう」

「レモン？」

「レモンを爆弾にする話だよ」

「ああ、わかります」

「わかるのか」

「はい。レモンじゃなくて、マンゴーとかスイカの方が爆弾を果物に見せかけるにはいいと思いますけどね。でも、手りゅう弾のように投げるにはレモンの方が……」

「おまえ……なに言ってるんだ？」

「レモン爆弾のことですが」

塙団吾はため息をつき、

「そんな話をしてるんじゃないよ」

「じゃあ、なんの話をしているんです？」

そんな会話を聞きながら森川課長は少し考えていたが、

「よっしゃ。あんさん、その件しばらく動いてみ」

朝彦が、

「よろしいですか！」

「かまへん。けど、もし危険がありそうやったら、絶対にひとりで行動せんとわてらに知らせるのやで」

「わかってます。麻倉さんの轍《てつ》を踏まないように気を付けます」

朝彦は真摯《しんし》に頭を下げ、割烹着《かっぽうぎ》を脱いだ。ほんのりとソフトクリームの香りが立ち上った。

◇

翌朝、朝彦がまず赴いたのは、区役所だった。広報に面会を申し込み、土手の桜について訊いた。応対したのは児玉《こだま》という若い職員で、

「警視庁の方がなんのご用でしょう。桜伐採の反対運動の件なら、作業員には作業を妨害する連中を排除するよう指示を出しています。昨日はやむなく中止しましたが、今日は九時から決行する予定です。もし、反対運動が激化して作業員の安全が確保できないような状況になれば警察の介入をお願いするかもしれませんが、まあ、そんなことにはならんでしょう。あの川を埋め立ててサイクリングロードにし、その左右にショッピングゾーンを作る……それに伴って桜並木を伐採する、というのは区議会で正式に承認さ

れたことです」

「それは知ってます。おききしたいのはあの桜の由緒です」

脚を組んで座った児玉は鼻で笑い、

「由緒なんかありませんよ」

「えっ？　そうなんですか？」

「あの小川は区の管理下にあるので、その両側にある桜並木も同じく、ということになりますが、由緒というと、まあ十年ばかりまえですかね、だれかが桜の苗木を一本植えたんだそうです。それがきれいに咲いたので、ほかのだれかが我も我もと植え出して……今のような小さな並木になった、ということです。区は一切関与していません。区の管理している場所に勝手に植えられたもの、という認識ですので、切り倒すことに問題はないと考えております。なんの権利もないやつらが反対運動なんて……馬鹿馬鹿しいにもほどがある」

「だれが植えたかとかだれが管理しているか、ということじゃなくて、長い時間をかけて、ようやく花をつけるまでに成長した木を伐採することへの抵抗があるんじゃないですかね」

「あのねえ、知らないなら教えてあげますが、桜なんて、苗木を植えて二、三年したら花が咲きますよ」

「えっ……そうなんですか」

朝彦は赤面し、区役所を退出した。その足で土手へ向かう。今日もまた区の職員や伐採作業員たちと反対者たちがにらみあっていた。まだ、強硬な伐採や衝突などは起きていないようだ。今日は伐採業者以外に「シカメツラ建設」と書かれたバッジをつけた男たちが数人いた。皆、腕組みをして立っている。近くに「日本を造るシカメツラ建設」という文言と渋面をした男の顔のロゴマークが側面に入った車も停まっていた。サイクリングロードの建設を受注した業者だろう。

その場を離れようとした朝彦は、野球帽を目深にかぶり、マスクをした野島がいることに気づいた。野島がそっと朝彦に近づいてきたので、朝彦の方から、

「野島さん、毎日ご苦労さまです」

「しっ……！」

野島は人差し指を唇に当てると、

「おいっ、二度と来るなと言ってあっただろ」

「野島さんがどうして反対運動に参加しているのか教えてくれないかぎりは毎日来ます」

野島は舌打ちをして、

「だから言ったろ。区民としてこの桜をいつまでも愛《め》でたいのさ」

「野島さんは区民じゃないでしょう」

「うるせえな。とにかくおめえは首を突っ込むな」

「そうはいきません。仕事を休んでまでここにいる理由をきかせてください」

野島はしばらく黙っていたが、

「桜が……好きなんだよ」

「それは嘘です。だったらどうして桜鯛《さくらだい》を食べなかったんですか」

「そんなこたぁ俺の勝手だ」

「麻倉さんのことが念頭にあったからじゃないですか？」

野島は、ぎくりとした顔付きになった。

「おめえ、どこまで知ってるんだ……」

「なにも知りません。麻倉さんのことはなんとなく勘でそう思っただけなんですが……当たってたみたいですね」

「うっせえなあ。ヒロシのことは関係ねえよ！」

結局その日も、反対派たちの身を挺《てい》しての必死の抵抗に押し出された感じで、作業はできなかった。しかし、撤収の間際に区の職員のひとりが、

「我々もいつまでもこんな馬鹿げたことに付き合ってる暇はないんでね、そろそろ実力行使をしますよ。覚悟してください。なにかあったとしても、あんたたちが悪いんだからね」

と捨て台詞《ぜりふ》的なことを吐いたことと、シカメッツラ建設の社員たちが、

「明日《あした》は専務に来てもらおう。人数も増やそう。このままじゃ社長にタコ殴りにされちまう」

と話し合っていたことが印象に残った。朝彦が野島に、

「では、また明日……」

野島がうんざりしたように、

「明日も来るのかよ」

「当然です」

「明日は……ひと荒れあるかもしれねえな。——じゃあな」

そう言って野島は帰っていった。朝彦は腕組みをしたまま歩きながら考えをまとめようとしていた。

(野島さんは、ここの桜を切ってほしくないんだ。どうしてだろう……。桜自体に意味があるのか、それとも……)

朝彦は、ふと塙団吾が言っていた「桜の樹の下には屍体が埋まっている」という言葉を思い出した。

(もし、本当にここの桜の下に死体が埋まってるとしたらどうだろう。桜が伐採されて、根も掘り返されたら、当然、その下にある死体は見つかってしまうわけだけど……)

その瞬間、ある「推理」が朝彦の頭に突然降ってきた。その死体はいったいだれの死体なのか。だれがなんのために埋めたのか。そして、「癒着」という言葉や野島が刺青《いれずみ》をしているという噂などがひとつづきにつながった。

(まさか……)

信じられない、というか、信じたくない思いだったが、朝彦はその推理を頭のなかで転がした。気持ちは次第に「まさか」から「そうに違いない」に変化していった。

(そうだ……きっとそうだ……！)

朝彦はその推理を森川に話すべきかどうか迷った。だが、もしひとりでこの事件の真相を突き止めたら……。

(めちゃくちゃほめられるかも……)

しかし、朝彦には桜を切って、その下を掘り返すことはできない。となると、

(やるべきことはひとつ、だな……。よし、明日はやるぞ！)

朝彦は歩きながら興奮して右の拳《こぶし》を振り上げた。拳はなにか柔らかいものにぶつかった。

「なにするんだ、この野郎！」

見ると、朝彦の拳はひとりの男が食べていたソフトクリームに命中していた。しかも、その男は昨日朝彦が頭から炭酸水をぶっかけたのと同じ人物だった。

「また、おまえか！　どうして俺がソフトクリーム食うのを邪魔するんだよ！」

「いや……そういうわけじゃないんです。たまたま……」

「たまたまで二度も俺のソフトクリームをダメにしたってのか、おい！」

「あ、いや、その……二度あることは三度ある、と言いますから」

「この野郎！　からかってるのか！」

朝彦は平謝りに謝って、やっと勘弁してもらえた。

(歩くときはちゃんとまえを見て歩こう。これからの時期、ソフトクリームを食べてるひとが多くなるから、気を付けよう。とにかく当たり前のことを大事にしなければ……)

わけのわからないことを再確認しつつ、夕方、朝彦は寮に帰った。そのタイミングで高校のクラスメイトである鬼瓦トリルからラインが来た。

「今、近くまで来てるんだけど、晩ご飯食べない?」

「いいねえ」

トリルはフリーライターをしている。ライターというと、グルメライターとか旅行ライターとかファッションライターとかスポーツライターとかその専門ジャンルはいろいろだが、トリルはとくに決まったジャンルのライターではなく、雑誌や媒体の依頼でなんでも取材し、調べて書くのだ。知識は浅いが、好奇心は旺盛《おうせい》である。

ふたりはたまに行くラーメン店に入った。チェーン店ではないが、かといってやれ無化調だ、やれどこそこの小麦だ、トリプルスープだ……と店主のこだわりが店内一面に書かれているような店でもない。あまり緊張感が漂うような店ではなく、適当にのんびりできる店がよい。かといってまずい店はごめんだから、要するに「普通」のラーメン屋に落ち着くのだ。東京にはそういう店がまだまだある。ふたりはいちばん端の席に座り、「特製ラーメンライス(普)」と瓶ビールを注文した。店長は禿《は》げ頭にタオルで鉢巻きをした中年の男だった。

ラーメンはすぐに来た。麺《めん》を啜《すす》りながら、間髪を容《い》れずにご飯を口に運ぶと美味《うま》い。

「ねえ、今なにやってんの？　板前仕事？」

トリルが言った。ほかに客はいないから小声で話しても問題はない。

「いや……事件を担当してる」

「どんな事件？」

「言えるかよ」

「そりゃそうね」

トリルは、あっさりうなずいた。

「あのさあ、おまえ、『桜の樹の下には屍体《したい》が埋まっている』って言葉知ってる？」

「当たり前でしょ。梶井基次郎でしょ。朝彦、知らなかったの？」

「いや……もちろん知ってたさ」

「じゃあ、どういう内容だか言ってみなさいよ」

「そ、それはだな……なかなか一言では言えないよ」

「じゃあ、二言でも三言でもいいから」

朝彦は咳払《せきばら》いすると、

「そんなことより、一般論として話すんだけど……あるひとが鯛は好きなのに、桜鯛の時期だけ鯛を食べないんだとしたらどういう理由が考えられる？」

「桜鯛が嫌いなんじゃないの？」

「桜鯛の時期は鯛の旬だぜ。まあ、抱卵してると栄養が卵に取られて味が落ちるっていうひともいるけど、あのひとがそこまでこだわってるとは思えないし……」

「あのひとってだれよ」

「それは言えない。――ただ、『麻倉ひろし』っていうもうひとりの人物がそこにからんでるみたいなんだ」

「桜……麻倉ってこと？」

「さすがライターだな。俺もそう思うんだ。けど、それだけじゃ桜鯛だけ食べない理由にはならない」

「ねえ……もしかしたらそのひとの『ひろし』という名前、『大』って書くんじゃない？」

「うーん……漢字でどう書くかまでは聞いてなかった」

「つまり、麻倉大よ」

「あ……」

桜鯛……麻倉大……。これは、野島が桜鯛を食べない理由につながるかもしれない。殺された部下の麻倉を連想するからだ。朝彦は、さっき組み立てた推理が正しいことを確信できた。ラーメン屋を出ると、朝彦は言った。

「よしっ、コンビニでソフトクリームでも買うか。おごってやるよ」

「いらない」

「どうして？　太るからか？」

「まさか。コンビニのじゃなくて、このすぐ先にジェラートの美味《おい》しい店があるからそこでおごってほしい。それと、今度、日本の出汁《だし》について書かないといけないんだけど、朝彦、代わりに書いてくれる？　魚系だけでも、カツオ出汁、ウルメ出汁、サバ節出汁、イリコ出汁、アジ出汁、マグロ出汁……いろいろあって面倒くさくて」

「俺もよくわかってなくてさ……」

朝彦は頭を搔《か》くと、それが耳に入ったらしい店長が、

「うちはヤマガ屋の出汁のもとだよ」

と言った。

◇

「明日はひと荒れあるかも」という野島の言葉が気になった朝彦は朝のまだ暗いうちに土手に行った。驚いたことに野島はもう来ていた。ひとりで桜を見つめていたのだ。

「おはようございます。早いですね」

「おめえもな」

野島は苦笑した。

「どうしてこんなに早く来てるんです？　作業開始は九時でしょう？」

「約束ではそうだが、向こうも焦ってる。こっちの裏をかいて、九時よりまえに作業を

しちまうかもしれねえ。それに、今日は向こうも人数を揃えて押し出してくるだろう。とにかく今日の出入りは血煙が立つかもしれねえぜ」

ヤクザの喧嘩《けんか》じゃないんだから……と朝彦は思った。しばらくはふたりとも無言だったが、やがて朝彦は思い切って、

「俺の推理を聞いてもらえますか」

「なにについての推理だ」

「野島さんと麻倉さんの事件の真相についてです」

野島は少し黙っていたが、

「いいだろう。聞こうじゃねえか」

「麻倉さんを殺した天竺という ヤクザは、海外に潜伏してるんじゃなくて、もう死んでるんじゃないですか？」

野島はギョッとした顔になり、

「なぜわかった」

「ああ、やっぱりそうか。そして、天竺を殺したのは……ズバリ、野島さん、あなたです」

野島は、

「ほう、面白そうな話だな。続きを言えよ」

「桜の樹の下には屍体が埋まっている……あなたがここの桜の木を切らせたくないのは、

下に天竺の死体が埋まっているからです。桜を切って、根を掘り返せば、それが見つかってしまいますから。頑固に反対運動をしているのもそれが理由でしょう。——あなたは浦伴組と癒着していた。暴力団との関係が深くなるにつれ、あなたはそこから抜け出せなくなっていた。刺青《いれずみ》をしているのも、たぶん浦伴組の舎弟になったからでしょう」

「ますます面白《おもしれ》えな」

「おそらく麻倉さんは、天竺が宝石、貴金属類を換金した金を入れてあった口座番号を入手した。しかし、あなたは現場に行き、その金を自分のものにするため、天竺と麻倉さんを組にあったトカレフで撃ち殺して、天竺の死体を近くの土手に埋め、麻倉さんの死体を放置して、天竺がやったように見せかけたんです。そして、土手に桜の苗木を植えて、死体が見つからないようにした。あなたが桜鯛《さくらだい》を食べないのは、麻倉大《ひろし》さんのことを思い出して罪の意識を感じるからで、今でも麻倉さんの家族の面倒を見ているのも同じく罪悪感からでしょう。——ちがいますか？」

「てえことは、ここの桜の下を掘り返したら、天竺の骸骨《がいこつ》が出てくるってわけだな」

「はい」

「うーん……よくそこまで考えついたな。そんなことを言い出したやつはこれまでひとりもいねえよ」

「おほめいただき恐縮です」

「でも、ハズレだ」

「えーっ！」

朝彦はひっくり返りそうになった。

「そんなあ……ぜったい正解だと思ったのに……」

「惜しいところもある。たしかにここに桜の苗木を一本植えたのは俺だ。でも、それは死体が見つからないようにするためじゃねえ。ほかに理由があるのさ」

「ほんとかなあ……」

「おめえなあ、勝手にひとをひと殺しにするんじゃねえよ。俺は麻倉も天竺も殺しちゃいねえ」

「野島さん、嘘はいけませんよ。桜の下を掘り返してみればすべてがわかります」

「そうはいかねえんだよ。それに、俺が反対運動に加わってるのは、たしかに桜を切らせたくない気持ちからだが、ほかにも理由があるのさ」

「それはいったい……」

「もうじきその理由がわかるかもしれねえぜ」

ようやく夜が明け始めたころ、車のエンジン音が聞こえて、「シカメツラ建設」のトラックが何台も到着した。昨日までは伐採担当者がチェーンソーを持ってきていただけだったが、今日はブルドーザーやパワーショベルといった重機類がそろっている。ぞろぞろ降りてきた作業員たちの人数も昨日とはさまがわりで三十人ほどもいる。皆、ヘルメットをかぶり、作業服は着ているものの、首にタオルを巻き、サングラスをかけ、口ひげを生やしているものが多く、なんとなくガラが悪いな……と朝彦は思った。

　直後に、区の名前が書かれた車両が到着した。降りてきたのは職員が四人で、ひとりは朝彦が会った児玉という男だった。シカメッツラ建設の監督らしき男が、

「児玉さん、ほんとにこの時間にやってもいいんですかい？」

「ああ、やってくれ。もうこれ以上引き延ばせない」

「あとで面倒なことになりゃしねえでしょうね。うちの社長は案外、そういうことを気にするんです」

「心配いらないよ、若頭」

「ちょ、ちょっと……会社じゃ専務で通ってるんですから……」

「大丈夫。伐採の開始時間が多少早まっただけだろ。切ってしまったものはもう戻らないんだから、あの連中もそのうちあきらめるさ。でないと、サイクリングロードが作れないじゃないか」

「そりゃそうですね。それはうちも困ります」

　ほかの作業員たちは、煙草を吸ってはそのあたりに投げ捨てたり、ガムを噛《か》んで吐き捨てたりしている。朝彦は、そんな連中のなかに、作業服の袖《そで》から刺青がちら見えしている男が数人いることに気づいた。

「じゃあ、やるぞ。ぜんぶ切り倒せ」

　専務と呼ばれた男の合図で、チェーンソーのエンジンがかけられた。それを持った作

業員がいちばん端の桜に近づこうとしたとき、野島が進み出ると、

「待ちやがれ」

皆は驚いて野島を見た。

「開始時間は九時じゃあなかったかい？　ちと早《はえ》ようだが……」

児玉が、

「伐採の準備をしているだけですよ。危ないから向こうに行ってください」

「区役所ってのは、こういうズルをしてもいいのかね。区民との約束を破るってのは最低だろ」

「ズルじゃありません。『約束』の解釈の違いです。あんた、見たところ、そこそこの歳のようだけど、怪我してもつまらないでしょ。今日はうちもそれなりの覚悟を決めて来てるんです。やめろ、と言われて、じゃあ、また明日《あした》ってわけにはいかないんですよ。さあ、どいたどいた」

児玉が顎《あご》をしゃくったので、チェーンソーを持った男はふたたび桜に近づいた。野島は駆け寄って、男の肩をつかんだ。男は振りほどこうとしたが、野島の指が肩に食い込んで離れない。

「おい、放せよ。放しやがれ」

児玉が、

「専務……」

と言うと、専務が、

「おい、おめえら、このジジイを痛い目にあわせてやれ」
五、六人の男が野島を取り巻いた。野島は鼻で笑い、
「建設会社の社員にしてはガラが悪いやつらだと思っていたが、ちらほらと俺の知った顔も交じってるみてえだな」

「なんだと？」

「俺は、十年ばかり前まで警視庁のマルボウにいたんだ。そのころ俺が知ってたやつらが作業服着て、ヘルメットかぶってここにいるのはどういうわけだ？　シカメツラ建設てえのは、浦伴組のことなのかい？」

作業員たちは顔を見合わせた。野島は続けて、

「てめえら全員が浦伴組だとは言わねえが、俺がマルボウをやめたあとに入ってきた新顔さんもいるだろうから、今日ここに雁首《がんくび》揃えてるのはだいたいが極道もんてえことになりそうだな」

専務が、

「はったりもいいかげんにしやがれ。マルボウだと言ったら俺たちがビビるとでも思ったら大間違いだぜ」

「ふふ……おめえは俺を知らねえみてえだが、俺はおめえを知ってるぜ。いつのまに若頭になったんだ？　あのころはチンピラだったよなあ、片桐富士夫《かたぎりふじお》」

専務は蒼白《そうはく》になり、

「お、おめえ、なにもんだ」

「俺がここの伐採反対運動に熱を入れ出したのは、サイクリングロードとそこに作られる大型ショッピングゾーンの建設を担当するシカメツラ建設てえ会社の社員に、どうもちらほらと見覚えのある顔がいることに気づいたからだ。俺はな……浦伴組をどうしてもぶっ潰《つぶ》してえのさ」

「なんだと……！」

顔をしかめる男たちに野島はニッと笑い、

「おっと……話はまだ終わっちゃいねえぜ。俺は今回の建設工事について調べてみた。シカメツラ建設が浦伴組の資本が入った会社だってことはわかってたが、浦伴組と癒着した区の一部の担当者が、工事代金を水増しして、中抜きした金を折半して大儲《おおもう》けしようとしてることがわかった」

児玉は唾《つば》を吐くと、

「こいつは生かしておくわけにはいかないようですね。――よろしくお願いします」

男たちは一斉にナイフを抜いた。野島は、

「はは……俺がおめえらのぺらぺらなドスで刺されるわけねえよ」

「なんだと？」

野島は男たちの前に進み出ると、両腕を高く上げ、もろ肌脱ぎになった。朝彦は驚愕《きょうがく》した。野島の背中から肩にかけて、一面の彫りものがあった。色鮮やかな桜吹雪が見事に咲き誇っていた。

「桜田門《さくらだもん》はそのまえに、春爛漫《はるらんまん》と咲き誇る、その名を聞けば悪党も、震え上がりし野島桜、その目をひんむいてよく見やがれ！」

「おお……てめえは……ま、まさか……伝説の……」

専務が真っ青になって指を差した。

「伝説たぁ大袈裟《おおげさ》だが、俺ぁ警視庁マルボウに奉職していた野島銀次郎てえもんだ」

「じゃあ『ギンギンの銀次郎』ってえのは……」

「俺がことよ」

まわりの男たちが、

「どうしたんです。こんなジジイ一匹、どうってことたありませんぜ。やっつけちまいましょう」

「あ、あ、相手が悪い。こいつは……いや、このお方は嘉十組や梁棒組をたったひとりでぶっ潰した化けものみてえなおひとだぜ。うちの組長もこのおひとにだけは頭が上がらねえんだ」

「昔の話でしょう。今はただのジジィですぜ。俺にまかせてください」

「お、おい、やめとけ。手を出すな」

「なあに、大丈夫……」

チェーンソーを持った若者が斬りかかってきたが、野島はせせら笑って、

「『悪魔のいけにえ』じゃあるめえし、危なっかしいんだよ」

そう言いながら若者の膝《ひざ》を蹴った。若者はそのまま両膝を突いて前のめりに倒れた。

ほかの男たちがドスを振りかざして向かってきたが、野島の対応は素早かった。先頭の男のドスを軽々ともぎ取り、鳩尾《みぞおち》を蹴り飛ばす。左右の連中の腕を掴《つか》んで引きずり倒しながら、顔面をキックする。完全に戦意を喪失した専務の股間《こかん》を蹴り上げ、倒れたところを踏みつける。その間、たった十分ほどだった。ひとりの男が拳銃《けんじゅう》を取り出し、野島に向けた。専務が、

「やめろ！」

そう叫んだが、男は引き金を引いた。一発が野島の左腕に当たった。野島はするするとその男に歩み寄ると、靴をおのれの足で踏みつけて逃げられないようにし、顔面を三発連続で殴りつけた。

「ギンギンの銀次郎をなめるな！」

男は白目を剝《む》いて、仰向《あおむ》けに倒れた。

そのとき、児玉という区の職員が逃げ出そうとした。朝彦は追いかけてまえに回り、ビビっている児玉の足を薙《な》ぎ払ってその場に倒し、尻《しり》を踏みつけた。

「わ、私は知らない。関係ない。まえに言ったとおりだ……おまえに言った……まえに……」

朝彦は児玉に、

「まえも後ろもないんですよ」

そう言って手錠をかけた。それを見て殴りかかってきた作業員たちを朝彦は、腕を掴んで振り回し、蹴《け》りつけ、殴り、小川へ叩《たた》き込んだ。野島がこちらを向いて、

「おい、兄ちゃん、終わったぜ」

「こっちも片付きました。もうじき岡江さんたちが来ますよ」

スマホを切った朝彦が言った。

「あとはあいつらに任せらあ。俺は退散するよ」

野島がにやりと笑って立ち去ろうとしたので、

「あ……まだきいてないことがいろいろあるんですが……それに、腕の怪我は……」

「蚊に刺されたみてえなものさ。あばよ」

パトカーが数台、サイレンを鳴らしながらやってきた。野島はあわてて肌を入れると、ひょこひょこと足早に去っていった。

「かっこいいなあ……俺も刺青《いれずみ》入れようかな……」

朝彦はそうつぶやいた。

◇

組長や幹部をはじめ、主だった組員がほとんど逮捕されて浦伴組はほぼ壊滅状態にな

った。しかも、区がそこにかかわっていたことがわかり、大問題になった。東京都がそれを隠蔽《いんぺい》しようとしたのをマスコミに糾弾され、区の職員からも逮捕者が続々と出た。よけいにたいへんなことになったのである。こうして事件は幕を閉じた。しかし、朝彦は、野島にきつくそう言われたせいもあって、森川には簡単な報告だけをして、ほとんどを岡江の手柄ということにした。

朝彦が「警視兆」で仕込みをしていると、ささやき女将《おかみ》こと森川課長がやってきた。

「ドジ坊、あんたえらいことしてくれたそうやな」

「え……」

「さっき野島さんから予約が入ったわ。桜鯛《さくらだい》のフルコース、頼むわ、て言われた。そのときに、あんたの武勇伝も聞いたで」

「俺はなにもしてません。区の職員の尻を踏んづけただけです。あとは全部、岡江さんがやったんですよ」

「あんさんがおらなんだら、今回のことはうまくいってなかった、て言うてたで」

「す、すいません。勝手なことをして……。岡江さんたちに全部お願いしたんで、俺の名前は出ないはずだったんですが……」

「どうせほんまは野島さんがひとりでやったんやろけどな」

朝彦は頭を掻《か》き、

「でも、野島さん、桜鯛食べられるようになったんですね」

「気が変わったとかなんとか言うとったわ。——で、刺青はあったんか、なかったんか？」

「それは……言えません」

「ふーん……」

やがて野島と揚巻、岡江の三人がやってきた。野島がおしぼりを使いながら、

「このまえは失礼した。今日は存分にいただきますよ」

女将はくすくす笑いながら、松皮焼きときゅうりの和《あ》えものを出した。

「なんやら重石《おもし》が取れたみたいだすな」

「あんまり長く漬けとくと塩っぽくなるからな」

そう言って野島は大酒を飲んだ。たぶん、ひとりで三升は飲んだだろう。鯛も美味《うま》そうに食べた。締めの鯛そうめんも残さず食べると、

「ああ食った食った。もう動けねえや」

「そら、よろしゅうございましたなあ」

野島は座り直すと、

「今度の一件についてみんなに聞いてほしいことがある。揚巻さんと岡江にもぜひ聞いてもらいてえ」

揚巻が、

「なんだね、改まって」

野島は茶をちびっと飲み、

「十年まえのことをはじめてしゃべるんだ。この告白をもって、俺ぁ警察官を辞めるつもりだ」

「なにを言ってるんだ！　おまえに警察を辞めさせたりはしない」

揚巻が言うと、

「まあ聞いてください。――俺はあのとき、麻倉が天竺の潜伏先がわかったと連絡してきたんで、そこに急行した。すると、天竺と麻倉が殴り合ってやがる。麻倉が天竺にのしかかっていて、優勢に見えた。俺は、麻倉が天竺を逮捕しようとしているのかと思った。でも、違った。何やら怒鳴り合っている。天竺が宝石や貴金属類を換金した大金が銀行にある、その金を寄越《よこ》せ、銀行の口座番号を教えろ……そんな話だった」

全員が聞き入った。

「麻倉がトカレフを取り出し、天竺に突き付けて、『もうじきここに私の上司の野島さんが来るから、あんたを殺してあのひとに罪をきせるつもりさ』……そう言いやがった。俺が『おい、麻倉……！』と声をかけると、あいつは俺を振り返り、『野島さん、お早いお着きですね』と言った。その隙に天竺が逃げようとしたので麻倉は追いすがった。俺もふたりを追った。麻倉が天竺を何発か撃ったが弾は外れた。天竺が麻倉の拳銃をもぎとり、麻倉を撃った。弾は左胸に命中した。俺が麻倉を抱き起こすと、あいつは泣きながら、『野島さんを裏切ってすいません。こういう付き合いは怖いですね。私はもうダメだ。勝手なようだけど家族のこと頼みます……』そう言った。あいつは深みにはまっちまってたみてえだな。これは、上司だった俺のせいでもある。俺があいつに、浦伴組に接近するように命じたんだからね。節制に努めてたあいつだが、それでも家のローン、子どもの教育費、親の介護費……いろいろ金がかかったみてえで、つい魔が差したんだろう。——以来、俺は浦伴組をぶち壊す機会を狙ってたんだ……」

野島は茶を飲み干すと、

「俺ぁすぐに土手に穴を掘り、麻倉のトカレフを放り込んで埋めた。だから、桜の木の下にあるのは死体じゃなくて拳銃だ。そのあと、ごまかすために桜を植えたんだ。気持ちが動転してたんで、冷静に考えることができなかった。とにかく麻倉の指紋がついたヤクザの拳銃を見つからないようにしなくては……そればっかり考えてたのさ。馬鹿だねー。トカレフが見つかってあいつがヤクザと癒着してたっていう真相が明らかになると、あいつの家族が傷つくと思ったのさ……」

「………」

「天竺の口座からは金はどこかに移されてた。たぶん浦伴組関係の口座に移されたんだろうが、俺はそれを追わなかった。——それから俺は、なんとかして浦伴組を潰《つぶ》す機会を探った。すると、まさにその土手を掘り返す担当になった建設会社のなかに、どうも見知った顔がちらほらいるじゃねえか。どうやら浦伴組の息がかかってる。さっそく俺ぁ反対運動に参加してシカメッツラ建設の連中を見張ってたんだが、見知りの顔がちょいちょいあったねえ。こうしてとうとうあいつらの首根っこを押さえ込むことができて、ようやく長年の胸のつかえがおりた」

朝彦が、

「天竺は……天竺はどうなったんです」

「おめえの言ったとおり、死んだらしい。シンガポールでな。でも、確かめようもねえや」

野島は湯呑《ゆの》みをトンと置き、

「桜鯛を食べねえってのは、麻倉大のことを思い出すからだ。くだらねえ後悔からよ」

そう言ってため息をついた。

「桜鯛、美味かったぜ。俺ぁ今日で警視庁を辞めて自首するよ。――あばよ」

揚巻が、

「辞める必要はない。あんたはなにも悪いことをしていないんだから、これからも警視庁のために尽くしてもらいたい」

「俺は十年も警察の証拠品である拳銃《けんじゅう》を土手の穴に放り込んで隠してたんですぜ。公務員として許されることじゃあありません。そうでしょう？　でも、とにかく俺ぁ浦伴組が許せなかった。今度という今度は、あいつらが極道以外の人間を拳銃で傷つけたんだ。組織犯罪対策部もマスコミも動いてくれた。これであの組は解散だろう。俺も本望だ」

揚巻が、

「区も伐採が無意味だと認めて、サイクリングロードの計画は中止されることになった。桜の木が切られることはもうないんだ。麻倉の指紋がついた拳銃は地の底だ。おまえが心配することはない」

「いや……これはけじめなんです。警視庁に奉職してる人間としての……」

「そうか……ならばもう言うまい」

揚巻は立ち上がり、野島と握手して、森川たちに、

「ごちそうさん」

と言うと店を出ていった。岡江と野島もそれに続いた。揚巻と岡江がエレベーターに乗ったあと、朝彦が残った野島に頭を下げてから、

「野島さん……ひとつだけ聞きたいことがあるんです」

「ああ、言ってみな」

「どうしてあんなにすごい刺青《いれずみ》を隠してたんですか」

野島は苦笑いをして、

「あんなもん、見せられるかよ」

「え……？」

「麻倉を死なせちまったあと、俺ぁ警察を辞めるつもりだった。ところが、うえの連中が辞めさせてくれねえ。俺ぁこの刺青を、警察との決別のつもりで入れたんだ。ところがよ……」

野島はスーツとシャツを脱いだ。

「見てみねえな」

野島は朝彦に背中を向けて、その素晴らしい桜吹雪を見せつけた。朝彦は息を呑《の》んだ。

「どうでえ」

「かっこいいと思います」

「はは……下の方をよく見ろ」

朝彦は視線を下げ、あっと思った。

「わかったかい。彫蛸のやつのいたずらだ。俺も、桜吹雪の下に『桜餅《さくらもち》』が描いてあるとは思わなかったぜ。警察を辞めるためにこんなもの晒《さら》したら、いい笑いもんだ。あの野郎、そこまで考えてやがったんだなあ。このせいで辞めるに辞められなくなっちまった……てえわけよ」

野島は服を着直して、

「このことをしゃべったのはおめえがはじめてだ。内緒だぜ。――桜鯛《さくらだい》、美味《うま》かったよ」

そう言ってエレベーターに入っていった。扉が閉まる直前に野島は、

「これにて一件落着」

にやりと笑って言った。

第三話「二軒のラーメン屋」

鬼瓦トリルは新大久保《しんおおくぼ》にある「百池《ももち》ラーメン」というラーメン店に来ていた。狭い路地にあるのだが、毎日行列のできるたいへんな人気店で、行列は路地からはみ出し、通りにまで達していた。看板には「日本一美味いラーメン！」として、その下に歌舞伎の勘亭流《かんていりゅう》のような字体で「百池ラーメン」と記されていた。

「一名さま、どうぞ」

二時間待って、やっとトリルの順番が来た。店に入ると、とんこつと醤油《しょうゆ》の濃厚な匂いが押し寄せてきた。ここのスープはとんこつ醤油なのだが、そのレシピは極秘で、店主のほかはだれも知らない。メニューは「ラーメン」と「チャーシューメン」の二種しかない。トリルはラーメンを頼んだ。トリルの目的はもちろん取材だが、今回の取材はおおっぴらに「取材です」とは言えないものだった。なにしろ店内には「カードは使えません」「スマホを取り出すな」「取材お断り」という張り紙のほかに、「マスコミ来るな」「グルメライターの入店を禁ず」「知ったかぶりの素人《しろうと》は帰れ」「他店の話をするな」「ラーメンの写真および店内の撮影厳禁」などの張り紙がびっしり貼られている。なかには「同業者のスパイ行為が判明したら身の安全は保証しないよ」というのもある。とにかく宣伝するつもりはまったくないようだが、それでも行列が絶えないのだからたいしたものだ。

トリルは客を装ってラーメンを食べ、そのことをシレッと書いてしまおうとしているのだが、じつはこれはトリルの仕事ではなかった。数日まえ、トリルの先輩にあたるグルメライターの飯塚竜子《いいづかりゅうこ》に呼び出され、自宅に赴くと、

「あのさあ、『エリザベス』からライター仕事が来たんだけど、『取材拒否の店の味をこっそり紹介します』っていうテーマなのよ」

「はあ……」

ここだけの話だが、飯塚竜子は「取材をしないで書くグルメライター」だ。ネットのグルメサイトに掲載されている写真や客の感想などをつなぎ合わせて、いかにも「食べて書きました」という体を装うのだ。もちろんそのことは絶対に秘密だ。なぜそんなことをするかというと、容姿端麗で口が達者なのでテレビのグルメ番組にたびたび出演しているうちに、いつのまにかタレントのようになってしまったのだ。モデル並にスタイルが良いので、そちらの仕事も増え、「いくら食べても太らないグルメなダイエット」といった本を何冊も出している。

だが、太らないのは当たり前で、食べずに原稿を書いているからなのである。しかし、店に行ったことを示すために「リュウリュウステッカー」というのを店内のどこかに貼ってくる。もちろん自分で貼るのではなく、行かせたアシスタントに貼らせるのだが……。このステッカーが貼ってあれば客の数が五割は上がる、とさえ言われており、飯塚

の来店を心待ちにしている店主も多いようだ。

そのことを知っているのはアシスタントの宝井真理子《たからいまりこ》とマネージャーのワーム関口《せきぐち》、そして、テレビ番組スタッフのごく一部、そして、鬼瓦トリルなど七、八人だけだった。トリルは今はフリーだが、以前飯塚の事務所に所属していた時期になんどか身代わりを務めたことがあった。

「私が行ってもいいんだけど、ほら、私って顔が知られ過ぎてるでしょ？　店に入った途端、私ってバレちゃって、取材お断りって言われるとマズい。だから、だれにも知られてないあんたなら大丈夫かと思って……」

聞きようによってはかなり失礼な言葉である。

「いつもの真理子さんはどうしたんですか」

アシスタントの宝井真理子は、飯塚と顔立ちが似ているところから身代わりを務めることが多い。ウィッグをつけ、化粧を変えれば、かなりそっくりになる。帽子をかぶり、サングラスをかけて店に行き、ステッカーをテーブルの裏にでもこっそり貼ってくれれば、記事が出たとき、

「ああ、あのときの女性客が飯塚さんだったんだな。サインもらっときゃよかったよ……」

とあとで思うことになる。

「真理ちゃんは妊娠しちゃってねえ、ラーメンの匂いとかがダメなんだって。甘ったれ

てるんだから」

「そういう問題じゃないと思いますが……」

「とにかくあんたに頼むしかないんだから、引き受けてよ。記事もあんたが書いてよね。原稿料は二万円。ただし、締め切りタイト。雑誌の発売日が迫ってるの。じゃあ、よろしくー」

二万円というギャラは、正直「安い」と思ったが、「エリザベス」という超一流誌に、(たとえ自分の名前でなくても) 書けるのは魅力だった。

そういうわけでトリルはこの店に来ていた。店主は頭にバンダナを巻き、首に手ぬぐいをかけ、無精髭《ぶしょうひげ》を生やした中年男性で、シャツ一枚で汗だくになりながらつねにスープの塩梅《あんばい》をチェックしていた。注文が通ると、ぐらぐら茹《ゆだ》った熱湯に麺《めん》を放り込み、丼《どんぶり》にタレを入れる。麺が茹《ゆ》で上がるとスープを丼にたっぷりと注ぎ、チャッチャッと湯切りをして、チャーシュー、たっぷりの刻みネギを載せる。調理はほぼひとりで担当しているようだ。ゆで卵やモヤシ、メンマなどの具もない。トリルがカウンターの席に着くと、店主はじろりと彼女を見て、すぐに調理に戻った。

やがてトリルのラーメンが運ばれてきた。醬油のいい香りだ。安ものの醬油ではこうはいかない。トリルはしばらくその香りをくんくんと嗅《か》いでいたが、れんげを手にしてスープを啜《すす》った。ふだんトリルは、「まずはスープから先に味わっ」たりせず、いきなり麺を食べるのだが、今日はあとで原稿を書かねばならないので一応セオリーに従った。

（うーん……美味《おい》しい……）

骨が溶けるほど煮込みに煮込んだかなり濃厚なとんこつだが、それをていねいに濾《こ》して雑味を徹底的に除き、澄んだスープにしている。そこに高級な醤油ベースのタレを合わせているのだが、甘さがあまりないので関東の……おそらく銚子《ちょうし》の老舗《しにせ》メーカーのものをブレンドしたものだろうと思われた。ニンニクやショウガ、ネギ、ニンジン、タマネギ、昆布……などの風味はほとんど感じられず、淡白といっていいぐらいの味に仕上がっている。

（さて、と……）

箸《はし》を割り、麺を啜る。腰の強い太いストレート麺で、スープとはあまりからまない。蛇の交尾というか男女の仲というか……比喩《ひゆ》がひどいが、そういう「スープとよくからむ」ものを欲するラーメン好きが多いことは知っているが、トリルはこんな風な「もり蕎麦《そば》」のように愛想のないラーメンも好きだった。チャーシューは分厚いとろとろ系ではなくハムに近いような薄い、あっさり系で、コショウをかけて食べると美味《うま》かった。

いつもならスープは飲み干さないのだが、今日は飯塚竜子の身代わりなので全部飲み干した。たしかに美味しい。これは行列ができるのもわかる……。

「おい、姉ちゃん」

店主がいきなり声をかけてきた。

「あんたの食べ方、さっきから見てると、グルメ評論家じゃねえだろうな？」

トリルはドキッとしたが、

「ちがいます。ただのラーメン好きです」

「そうかい。食い方が素人離れしてたんでな」

「だいたい客に『姉ちゃん』とか言うのは今どきどうなんでしょうか」

「少なくとも兄ちゃんじゃねえだろ」

「どっちもダメです。ラーメンは美味しかったけど、そういう客あしらいで印象台無しですよ」

言い出したらとまらない。ずばずば言う。

「いいんだよ。俺は『ラーメンが美味しかった』って言葉が聞きたいだけなんだ。——八百円だ。とっとと帰んな」

店主は手ぬぐいで汗を拭《ふ》いた。

「ごちそうさまでした」

トリルは代金を払いながら、ふとつぎの言葉が口をついて出た。

「どうして取材お断りなんですか？」

店主はスープを掻《か》きまわす手をとめて、トリルをにらみつけ、

「おまえ、殴られたいのか。スープの秘密を知られたくねえからだよ」

「でも……ここの美味しいラーメンをもっと大勢のひとに知ってもらえるチャンスなのに……」

「見てのとおりだ。毎日これだけの客が行列してんだぜ。俺ひとりでスープ作るにゃ限界なんだ。宣伝なんかしたらろくなラーメンができねえや」

それそれ……そういう話を取材したいのだ。しかし、今回は飯塚竜子の影武者なのだ。もめごとを起こすのはまずい。トリルはぐっと我慢をした。

（味は最高だけど雰囲気は最低……そんな記事、採用されないよね……）

たしかこの近くにもう一軒、取材拒否のラーメン店があるのだ。「フジバヤシ軒」という名前だったと思う。そこで口直しにもう一杯食べて帰るか。取材拒否店二軒の比較、みたいなのも面白いかもしれないね。そんなことを考えて店を出ようとしたとき、

「こらあ！　いいかげんにしねえか！」

急に扉が開いて男がひとり飛び込んできた。かなり痩《や》せぎすで、ガリガリといってもいいぐらいだ。右手に赤いお玉を持ち、「フジバヤシ軒」と書かれた上っ張りを羽織っている。太い眉毛《まゆげ》を吊《つ》り上げ、お玉でカウンターをガンガン叩《たた》きながら、

「おい、百池！　今日という今日はかんべんならねえ。たった今、ここは百池ラーメンですか、って言って入ってきた客が三人もあった。看板の字が読めねえのかって叩き出したが、おめえんとこの看板がおかしいんじゃないのか」

「へへへ……うちのラーメンが美味くて評判だってことだな。おめえんちのクソラーメンを食いてえ客なんかいねえのさ」

妙な展開になってきた……とトリルは思った。この男が、ライバル店である「フジバ

ヤシ軒」の主《あるじ》だろうと思われた。お玉で叩かれているカウンターの客たちは嫌がる様子もなく、苦笑いをしている。もう慣れているようだ。

「うっせえや！　とにかく今度おめえんとこの客がうちに迷い込んだら、頭っからスープぶちまけるからな！」

「ほっほう、そりゃあかわいそうだ。うちのスープならともかく、てめえんちのまずいスープをぶちまけられちゃあ地獄だろうぜ」

「なんだと？　味もわからねえのにスープ啜ってるおめえんちの客に比べりゃあましだろうが」

お互い一歩も引かない。百池ラーメンの主も持ち手の青いお玉を振りかざし、宮本《みやもと》武蔵《むさし》と佐々木小次郎《ささきこじろう》の巌流島《がんりゅうじま》の決戦のように対峙《たいじ》し合った。

（な、なんだこれは？）

トリルが後ろに下がると、

「えいっ！」

「とうっ！」

「来るか！」

「死ねっ！」

ふたりはさんざんお玉をぶつけあったあと、

「表に出やがれ！」

「望むところだ！」

そう叫んで路地に出ていった。トリルもあわててあとを追う。書いてよいかどうかはわからないが、かっこうの記事の題材だ。

「いざ！」

「いざ！」

カンカン、カンカンというお玉を叩き合う音が鳴り響く。となりにいたキャップをかぶった老人に、

「こんなこと、めったにないんですよね」

「いや……毎日のようにやってるよ。表でカンカン、カンカンって音が聞こえてきたら、ああ、またかって……」

「へー……」

フジバヤシ軒の主が持ち手の赤いお玉を百池ラーメンの主人の脳天に食らわせた。

「痛《いて》え！」

百池ラーメンの主は自分のお玉を放り出し、両手で頭を抱えてうずくまった。フジバヤシ軒の主は勝ち誇って、

「今日こそぶっ殺してやる！」

そう言ってお玉を振りかざした。トリルはうろたえて老人に、

「いいんですか？」

「なにが」

「警察に通報しなくても」

「いいんじゃねえか」

「でも……ぶっ殺すって……」

「いつものことだけど、ほんとに殺されたことはねえよ」

「そうですか……」

釈然としないままトリルは頭を抱えて地面を転げまわる百池ラーメンの主を見つめた。

フジバヤシ軒の主はお玉を振り下ろしたが、百池ラーメンの主が倒れたまま脚を回転させてフジバヤシ軒の主の脚を払った。ずてん、と倒れたフジバヤシ軒の主に百池ラーメンの主はのしかかり、胸ぐらを摑《つか》んだ。フジバヤシ軒の主も同様にし、ふたりはたがいの首を絞めあっていたが、やがて、ふたりともさすがに体力に限界がきたらしく、その場に仰向《あおむ》けに倒れた。大きく胸を上下させていたが、フジバヤシ軒の主の方が先に立ち上がると、

「へっ、馬鹿野郎め。うちのラーメンの方が美味《うま》いってこと、いいかげんに認めやがれ」

そう言ってふらふらした足取りで自分の店の方向に帰っていった。百池ラーメンの主もようよう立ち上がり、

「うちの方が美味いんじゃい！」

吐き捨てるように言うと、店に入っていった。トリルがさっきの老人に、

「店のこと、お詳しいんですか？」

「俺はとんこつ醤油《しょうゆ》ラーメンが好物でな、東京の店はだいたい食べ歩いたが、この店がいちばん口に合う。だから週に四回は来てるな」

「へえ――……」

「喧嘩のことは以前は客も心配して、警察に連絡したりしてたんだが、あまりにしょっちゅうなんで、本人や客が怪我したり、ものが壊れたりしねえかぎり取り合ってくれなくなっちまったんだ。ふたりともマジだからこればっかりは止めようがねえ」

「で……どうなんですか」

「なにが？」

「ここどフジバヤシ軒、どっちが美味《おい》しいんですか」

　老人は即座に、

「百池ラーメンにきまってるじゃねえか！　百池ラーメンが満員でもフジバヤシ軒に行くことはねえ。俺はこの店の大ファンなんだ」

「でも、どっちもとんこつ醤油なんでしょう？」

「まあ、味はちょっと似てるが、比べもんにゃならねえよ。百池ラーメンの方が醤油の味が濃いけど、あと、逆にスープはあっさりめだ。フジバヤシ軒はまえに一度だけ食べたことがあるが、ラードと鶏油の分量がちがうね」

「はあ……」

そんなもの毎日微妙に変わるんじゃないだろうか……。

「麺《めん》の湯掻《ゆが》き方はフジバヤシ軒の方がけっこう硬めだが、これは好みとしか言いようがねえ」

「使ってる醤油やみりんの種類も違うんですかね」

「当たり前だろ。けど、どっちの主もスープとかえしのレシピは厳重に秘密にしてるんだから俺たちにわかるわけねえよ。ふたりとも、家でスープを作って、毎朝自分で運んでくるらしいから、材料や醤油の瓶なんかも店には置いてねえ」

「店員さんにも内緒なんですか？」

「そういうことだ。親兄弟にも秘密だそうだ」

「それじゃあもしご主人が死んだら……」

そこまで言ってトリルはハッと口を押さえた。縁起でもないことを口にしてしまった……。しかし、老人はうなずき、

「そういうことだ。主が死んだらもう二度と同じスープはできやしねえ。一度、ある客が百池ラーメンの主に大胆な質問をしたんだ。家にはレシピは置いてあるんだろう、あるんなら今度盗みに入ろうかな……ってね。客は冗談のつもりだったんだろうが、主は激怒して、その客をさんざん怒鳴りつけ、『レシピは俺の頭のなかにあるんだ。どこにも書いてねえ』そう言って追い出しちまった。主は『スープのレシピはラーメン屋の命だ。俺が死んだらおしまい……それでいいんだ』……そう言ってたなあ」

「よくないですよ……。美味しい味は代々引き継いでいく方がみんなのためになるんじゃないでしょうか」

「しょうがねえよ。そういう考えなんだから」

「フジバヤシ軒の方も同じですか」

「だろうな。とにかく秘密にしてるんだから」

「儲《もう》かってるんでしょうか」

「見ての通り長蛇の列だ。この喧嘩《けんか》のせいもある」

「喧嘩を見物に来てるっていうこと？」

「そうじゃねえよ。どっちもラーメン作りに真剣そのものだから、それが客に伝わって繁昌《はんじょう》してるのさ。業務用スープを使ってる店は論外として、いい加減に作ってる店や、バイトがレシピ見て作ってる店より、頑固な店の方が美味そうだろ？」

トリルは首を傾げた。

（そうだろうか……いくら真剣勝負かしれないけど、いつも喧嘩してギスギスしてる店より、多少味は悪くても、呑気《のんき》に食べられる店の方が私は好きだけどな……）

「ところが近頃、フジバヤシ軒の方がちょっと人気が高くなってきやがったんだ。俺は腹が立って、向こうのスープにゴキブリでも放り込んでやろうかと思ったんだが、百池ラーメンの親爺《おやじ》に、そんなことは絶対にしちゃいけねえ、ラーメンに対する冒瀆《ぼうとく》だ、って言われて断念したのさ」

「どうして向こうの方が人気が高くなってきたんですか？」

「向こうの人気が高くなったんじゃねえ。こっちの人気が低くなってきたのさ。百池ラーメンの行列ができてる路地に、ババアがひとりでやってる自転車の修理屋があってな、行列が邪魔だからってんで並んでる俺たちをときどき怒鳴りつけるんだ。それがネットで知れ渡って、客離れが起きちまった。けど、ここの行列がほかの店の迷惑になってることは間違いないからなあ」

「うーん……」

「俺はなんとか百池ラーメンの親爺を応援してえと思ってるんだがな、なかなか上手《うま》くいかねえや。向こうの客は有志を募っていろいろ考えてるみてえだがよ……」

トリルは老人に礼を言ってその場を去った。スマホで場所を調べるとフジバヤシ軒は駅のすぐ西で、楽器屋の合間にあった。たしかにこの近さなら間違えて入ってくる客がいてもおかしくはない。

看板には、「日本一の山はフジ、日本一のラーメンはフジバヤシ軒」と書かれており、その下に富士山《ふじさん》と二本の木を組み合わせたデザインの大きなマークが描かれていた。

店のまえにはやはり行列ができていて、大勢がスマホを見たり、週刊誌を読んだりしておとなしく待っていた。トリルは列の最後尾に並んだ。老人の言うとおり、たしかに行列は百池ラーメンよりも長く、おそらく二時間半待ちぐらいと思われた。普段なら行列に並ぶぐらいならカップラーメンで済ませるトリルだが、今日は仕事なのだ。

やがて順番が来て、トリルは入店した。ここもとんこつ醬油のいい匂いがしている。さっき見た痩《や》せた店主が奥で寸胴《ずんどう》をかき混ぜている。店のなかには百池ラーメン同様、たくさんの貼り紙があった。「マスコミ取材お断り」「スマホ使用厳禁」「スープがなくなったら閉店します」「現金しか使えません」……などなど。ラーメンとチャーシューメンしかないのも百池ラーメンと同じだ。あんなに喧嘩をしているわりには、性格はよく似ているのではなかろうか、とトリルは思った。

ラーメンを注文し、できあがるのを待っていると、隣の学生らしき男性ふたりが、

「ここって百池ラーメンより美味いの？　そんなに変わんないなあ」

「馬鹿言うんじゃないよ。こっちのがずっと美味いって。おまえ、舌がおかしいんじゃないか？　全然違うよ」

チャーシューメンを食べながらそんな会話をしているのが耳に入った。どうやらさっきの老人が百池ラーメンの応援団なら彼らはここの応援団らしい。

「俺、毎日、一日三食ここのラーメンでもいいや。ここのラーメンを食うためにバイトしてるんだからな」

「よく飽きないな、大隅《おおすみ》。俺はラーメン食べ歩きのウェブサイトを参考にして、いろんな店のやつを食べ比べる方がいい」

ふたりのうち、薄い口髭《くちひげ》を生やした方が言うと、

「こないだは店の有志が金を出し合って、スープ用のでっかい寸胴鍋《なべ》二個とかえし用の

寸胴鍋二個を親爺さんに贈ったんだけど、全部で二十万円もしたから驚いちゃったよ。もっとも、鍋の側面にこの店のマークを入れてもらったからさ。ほら、そこにあるだろ？」

大隅と呼ばれた黒縁眼鏡をかけた方が自慢げに言った。トリルが厨房《ちゅうぼう》の奥を見ると、たしかに富士山と二本の木のデザインのマークの下に「フジバヤシ軒」と書かれた巨大な寸胴鍋がコンロにかけられていた。彼は胸を反らせて、

「ここのラーメンはマジで日本一だと思うね。そんな店が生活圏にあるんだ。なんて俺は幸せなんだろう……」

すると、同じくカウンターにいた会社員風の男が、

「俺もそう思ってる。この世にラーメン屋はここ一軒あればいい。百池なんてぶっ潰《つぶ》せ！」

その横にいた中年女性が、

「そうよそうよ。百池ラーメンなんて目障り。あそこのラーメンも店構えも看板も店主も大嫌い！」

客たちがつぎつぎと同調しはじめたのでトリルはうすら寒くなってきた。大隅が、

「一度、マジでどっちが人気があるのか、集計してみたいもんだな。一日の客数をグラフにしてネットで上げるとか……。まあ、フジバヤシ軒が勝つに決まってるけどね」

口髭が、

「それなら、ほら、ダイエットグルメの……」

「飯塚竜子？」

「そうそう、あのひとに来てもらって提灯《ちょうちん》記事でも書いてもらったら一発じゃないのか？　人気爆上がり間違いなしだろ」

「バーカ。残念ながら、ここは取材お断りなんだよ！　でも……俺も一度でいいから飯塚竜子に会ってみたい……気はする」

「なんだ、ファンなのか」

「ここのラーメンも好きだけど、リュウリュウも好きなんだよ。あれだけカロリー高いものを食べ歩きしてるのにあのくびれ……レシピ本も全冊持ってるし、写真集も……」

「もしかしたら覆面取材で、もう来てるかもしれないぜ。今、ここにいるだれかがリュウリュウだったりして……」

「それはありえない。俺はたとえどんなに変装されてもリュウリュウだとわかる！」

うっとりと言う大隅に店主が、

「おい、ぐだぐだ言ってないで食っちまえよ！　後ろがつっかえてんだよ！」

口髭の若者は小声で、

「俺、ラーメンならスマホ見ながらのんびり食べたいなあ。その方が美味《うま》くね？」

「ラーメンなんてのんびり食うもんじゃないよ。スープが熱いうちに、麺《めん》が伸びないうちに一生懸命食わないと作ったひとに失礼だ。ここのスープにどれだけ手間がかかってるかわかんないのかよ」

「わかんねー」

フジバヤシ軒のファンたちはなおも怪気炎を上げていたが、トリルはラーメンが来たので箸《はし》を割る。見た目は百池ラーメンとほぼ同じだ。載ってるものはチャーシューと刻みネギだけである。スープをひと口啜《すす》る。

（うーん……わからん！）

トリルにも味の違いがわからなかった。正直、どちらも美味《おい》しい。かえしもスープも上々だ。たくさんの張り紙はうっとうしいが、押しつけがましいラーメン店によくあるムキムキの店主が腕組みをしてこっちをにらんでいる写真もないし、無化調でないと罪悪のようなことも書いてないし、これ見よがしに味噌《みそ》、醤油《しょうゆ》、野菜、小麦粉、ブランド豚などといった使用材料の産地を壁中に大書もしていない。これで八百円、つまり、百池ラーメンと同じ値段なのだから、東京では安いだろう。

口髭の若者が、

「あー、美味かった！　これでチャーハンとかチャーシュー丼とか餃子《ギョーザ》もあったらなあ……。ビールとチューハイも欲しい」

「それじゃ中華屋じゃないか。ここはラーメン屋だから、これでいいの！　シンプル・イズ・ザ・ベストさ」

「でも、せめて煮卵とか……あ、唐揚げもいいな。酢豚も……」

「しっ！　親爺さんの機嫌が悪くなるからそういう話は外でしてくれ」

ふたりの若者はスープを全部飲み干して帰っていった。トリルがスープの濃さや麺の茹《ゆ》で加減、のど越しなどを味わいながら食べていると、主《あるじ》がじろりとにらんできて、

「あんた、まさかグルメライターじゃないだろうね」

「ちがいますよ。ただのラーメン好きです」

トリルは百池ラーメンでのセリフを繰り返した。

「なら、いいけど……さっきから見てたら食い方がそれっぽかったからさ」

「あの……どうして取材お断りなんですか？」

「あんたはどうしてラーメンが好きなんだ？」

「好きだから好きなんです。理由なんてありません」

「俺も同じだ。マスコミが大っ嫌いなのさ。理由なんてない」

返す言葉がなかった。

「チェーン展開しないか、とか、カップ麺にしてコンビニで売らないか、とか、ラーメン博覧会に出店しないか、とか……そんな話は全部断ってる。スープは俺の命だ。レシピはぜったいだれにも教えない」

中年女性が手を叩《たた》き、

「かっこいいーっ！　日本一！」

と叫んで、店主ににらまれていた。

「ごちそうさまでした」

トリルは箸を置くと店を出た。まだまだ大勢が並んでいた。スープを二杯分飲み干したせいで、腹が一杯だった。

(フジバヤシ軒のことに触れるのはちょっとだけでいいか。美味《おい》しいけど、おんなじような味だし、特徴も似てるし……)

そんなことを考えながら帰ったせいで、トリルはとんでもないことを忘れていたのである。

◇

その晩徹夜で書き上げた原稿を、翌日事務所で手渡すと飯塚竜子はざっと目を走らせ、

「なんだか面白みのない記事ね。リュウリュウの名前で書くんだから、もう少しがんばってもらわないとねえ」

「すいません」

「この、二軒のとんこつ醤油ラーメンの店が張り合って、喧嘩《けんか》してるっていうのはほんと？」

「はい。そのせいで人気が出ているらしいです。一応盛り込みましたよ」

「そこはもっと露骨に盛り上げてよ」

「でも、似たような味でしたし……」

「写真はないの？」

「取材拒否の店ですから……」

「こそっとスマホで撮ればいいのに。載せちゃえばこっちのもんなんだから……。で、あんた、リュウリュウステッカー貼ってきてくれたんでしょうね」

「あーっ！」

トリルは思わず大声を出した。

「すいません、喧嘩があったのでちょっとうっかりしてて……」

「困るじゃないのさ！　あれが貼ってないと私が行ったたって証拠にならないでしょう？　もう一度行って、貼ってきなさいよ」

「怪しまれませんかね」

「いっぱい張り紙貼ってあるんでしょ。上手《うま》くまぎれこませたらわかんないって。ほら、ステッカーを隠すには張り紙のなか、って言うじゃない」

そんな格言は聞いたことがない。

「とにかく貼ってきてちょうだい。そうしないとあんたの仕事は終わってないんだから、たかだか十五万の原稿料でもあげないからね」

トリルは聞きとがめた。

「十五万？　『エリザベス』の原稿料って十五万も出るんですか？」

飯塚は口を押さえたが、もう遅かった。

「あ……いや……今回は危険な仕事っていうことで割り増しで……」

「それにしても十五万を二万っていうのは中抜きのしすぎじゃないですか？」

「あんたが二万で納得して引き受けたんだから問題ないでしょう？」

「問題大ありです」

トリルは立ち上がると、

「せっかく徹夜で書いたんだから、この原稿は置いていきます。使うも使わないも勝手にしてください。でも、ステッカーは貼りにはいきません。あなたがご自分で行ってください」

「そ、それはちょっと……」

「もちろん原稿料はいりません。それと……あなたの仕事は二度と引き受けませんから」

「あんたねえ、私にそんなこと言っていいの？　この業界にいられなくなるよ」

「かまいませんよ」

トリルは事務所を出た。

◇

「そんなことがあったんだよ……」

トリルはさすがに悄然《しょうぜん》として朝彦に一部始終を説明した。

「それはひどいな。十五万が二万か……。その飯塚竜子ってひとも、よくバレないと思ったなあ」

朝彦は大きいホットドッグに辛子を塗りたくり、かぶりついた。ぶしゅっと肉汁が飛び出す。すかさずキンキンに冷えたビールを飲む。

「あー、原稿料いりません、なんて啖呵《たんか》切って出て来たけど、考えてみたら、ラーメン二杯と交通費で赤字なんだよね。それに、無駄な原稿書いちゃった。あー、馬鹿馬鹿しい。ねえ、ここの支払いおごってよ」

「やだよ。俺、金ないから……」

朝彦はザワークラウトではなく、カレー粉で炒《いた》めたキャベツをたっぷり載せたホットドッグに移った。キャベツがシャキシャキして美味い。

「ちっ、ダメか……」

そう言いながらトリルは、熱く焼かれたサラミと目玉焼きを挟んだホットサンドをむしゃむしゃ食べている。朝彦は、

「その二軒のラーメン屋、ちょっと興味あるなあ。どっちか行ってみようかな……。どっちが美味《うま》い？」

「おんなじようなもん……と私は思ったけどね。あんたが行くなら、ステッカー貼ってきてあげたらどう？」

「どうして俺が……。でも、十五万くれたら行ってもいいか」

そう言って朝彦は親指についたケチャップをべろりとなめた。

◇

その夜、飯塚竜子は百池ラーメンに向かった。すでに閉店時間の十時は越していたが、店のシャッターは下りておらず、灯《あか》りはまだついていた。寸胴鍋《ずんどうなべ》や丼《どんぶり》などを洗ったり、床やテーブルなどを掃除したり、売り上げを金庫に移したり……個人営業のラーメン店の店主がやるべきことはいくらでもある。しかし……だれも出てこない。店主の百池三《さん》太郎《たろう》は少なくともなかにいるはずだ。店のまえにはライトバンが停めてある。おそらく残ったスープを家に持って帰るのだろう。

（まだ明日《あした》の仕込みをしてるんだろうか。いや……仕込みは家でするると聞いてるけど……）

苛立《いらだ》ってきた飯塚は、深夜の二時を過ぎてから、ようやく店に入る決心をした。

（マスクと帽子で顔はバレないだろう。だれもいなけりゃ、ステッカーをどこかに貼って、見つからないうちに帰ればいい……）

飯塚は、閉店という札がかかった店の扉をそっと押した。心臓が高鳴る。鍵《かぎ》はかかっておらず、扉はすぐに開いた。客席の灯りは消してあり、厨房《ちゅうぼう》の灯りだけが点《つ》いている。しかし、ひとがいる気配はない。ポーチからステッカーを取り出し、どこか貼れそうな場所はないかと探す。しかし、すぐに剝《は》がされてはなんにもならない。飯塚は自分がトリルに言った「ステッカーを隠すには張り紙のなか」という言葉を思い出した。

（そうだ……）

竜子は、レジ横に貼られた「水は二杯目からセルフサービス」という張り紙の下側の画鋲《がびょう》を抜いて破れないようにめくり上げ、そこにステッカーを貼ると、張り紙を戻して画鋲を刺した。あとで、

「おまえの顔は覚えがない。来ずに書いただろ！　マスコミにバラしてやる」

と店主にツッコまれても、張り紙をめくって、

「ここ、見てごらん！」

と言えばいい。

（よし、今日の作業完了！）

さいわいだれにも見られることはなかった。

（厨房の灯りを消し忘れて鍵もかけ忘れて帰っただけかも……）

あとは帰るだけだ……そう思ったとき、飯塚は店内にまだ残っていたとんこつ醬油《しょうゆ》の匂いのなかにそれとはべつの匂いを嗅《か》いだ。イヤーな臭いだ。そして、その直後、なにか粘土のような柔らかいものにつまずいて転びそうになった。なんだろうとしゃがんでみる。大小四つ並んだ寸胴鍋のすぐ下あたりに、頭にバンダナを巻いてシャツイチ姿の店主が倒れていた。白目を剝《む》き、頭頂や鼻、口から血を流している。

「ひ……ひ……」

ひえーっ！　と叫ぼうとしたが、だれかに聞かれたら見つかってしまうかもしれない。

その悲鳴をぐっと呑《の》みこんだ。

（私が殺したことになっちゃマズい……）

ステッカーを貼るんじゃなかった。もう剝がせない。すでに死んでいるのか、まだ生きているのかを確かめて、後者なら救急車を呼ぶべきでは……と思ったが、第一発見者になりたくなかった。そのとき、だれかがすぐ近くにいる気配がした。飯塚は逃げようとしたのだが、つぎの瞬間、たいへんなことが起きた。

◇

明け方に「ささやき女将《おかみ》」から呼び出しがあった。まだ始発が動いていないので、朝彦は独身寮から自転車で警視庁に向かった。「警視兆」に集まったのは荒熊権助、塙団吾、三筋蜜子、それに朝彦の四人だった。

「えええええーっ、百池ラーメンの店主が殺された？」

森川から事件の内容を聞いた朝彦は大声を出したあと、信じられない、という風にかぶりを振った。こんな時間での集合でも女将の森川春江課長はきちんと着物を着ている。しかも、ラーメン柄だ。

「百池三太郎という男で、どうやら近所の同業者と揉《も》めていたらしいのや。殺人犯捜査第一係の大河くんの扱いでな、大河くんから割烹《かっぽう》課もちょっと手伝《てつど》うてほしいって言うてきたんやけど……あんさん、もしかしたらなんぞ知ってるんか？」

捜査第一係班長の大河鉄太郎はかつての朝彦の上司である。大河ドラマが大好きで、周りからはタイガーというあだ名で呼ばれている。

「知ってるもなにも……」

朝彦は事情を森川に説明した。森川は目を丸くして、

「へーっ、あんさんはまさにこの事件にどんぴしゃりの人選ってわけや。その彼女さんはもう一軒の店にも行ってはるのやな。これはありがたい」

「あの……彼女じゃないんです」

「ほななんやねん」

「友だちです」

「今いろいろツッコんでる暇ないさかいそないしといたるわ」

「ほんとに友だちなんです」

「今度ゆっくりきくわ」

「今度きかれてもおんなじです」

「話が変な方向に向いてるみたいやな。えーと……」

森川はメモを見ながら、

「死亡推定時刻は午前一時頃。場所は店のなか。死因は頭部を強打されての撲死。凶器はスープをすくうお玉らしい。指紋はなかった。強盗の可能性はないことはないけど、手提げ金庫は店のなかに残ってた。発見は午前三時頃。第一発見者は新聞配達員。いつ

もならシャッターが閉まってる時間なのに開いてたさかい、おかしいと思て念のために通報したそうや」

新聞配達員は、新聞を配達するだけでなく、配達先の異変に気付いたら通報する役割を担っている。新聞受けに新聞が何日分も溜《た》まっている、とか、昼間なのに電気がついているといった小さなことも、高齢者保護や犯罪発見につながるのだ。

「ほな今回はドジ坊に任せよか。そのトリルっていうひとと組むのがいちばん良さそやな。けど……念のため、その子のアリバイだけは確認しといてや」

「わかりました」

フジバヤシ軒の店主藤林福之助《ふじばやしふくのすけ》はまだ逮捕はされていないが、とにかくどう考えてもいちばん怪しいので新宿《しんじゅく》署に任意同行を求められ、取り調べを受けているらしい。毎日のように被害者といがみ合い、頭をどつきあっていたのだから当然だろう。

「事件当時どこにいた、と言ってますか?」

「店にいたそうや。つまり、すぐ近くにいた、いうことやな。駅ビルのまわりにパトカーが山ほど来たんでなんぞあったんかいなと外に出てみたら、職務質問されたんやて」

犯行は否認しているらしいが、それ以外のことについては、

「なにも言いたくない」

と口をつぐんでいるという。

「百池三太郎も藤林福之助も独身で独り暮らしらしい。ふたりともラーメン作りにだけ

没頭してたんやろなあ」

「それじゃ行ってきます」

朝彦はトリルに電話をかけた。案の定、不機嫌な声が聞こえてきた。

「あのさあ、今何時だと思ってんの？　私、八時起きで舞浜《まいはま》の駅で待ち合わせしてディズニーランド行くことになってるんだから」

「悪いけどその予定キャンセルしてくれ」

「はあ？　なに言ってんの？」

朝彦が説明するとトリルは、

「嘘でしょ！」

そして、しょぼくれた声になり、

「そういうことじゃしかたないね……。あー、あー、あー、楽しみにしてたのにがっかり」

「すまん、殺人事件だからな、協力してくれ」

「わかったわかった。私にもかかわりがあるし……。でも、まさかあのひとが殺されるなんて……」

「俺も驚いたよ」

「店に行けばいいの？　化粧するからちょっと遅れる」

しかし、トリルはタクシーを飛ばして来たらしく、朝彦と到着はほぼ同時だった。ト

リルは朝彦に向かって手を出し、

「タクシー代！」

朝彦が財布を出して金を渡すと、トリルは一昨日《おととい》来たばかりの百池ラーメンの看板をふたたび見上げた。しかし、一昨日と違って店のまえはテープとコーンで封鎖され、店内では本庁と新宿署の刑事たち、それに鑑識員たちが忙しそうに動き回っている。なかから大河鉄太郎刑事が出てきたので挨拶《あいさつ》すると、

「おう、ドジ坊、久しぶり！　元気にやってるか」

「はい、タイガーさん。割烹課は面白いです。やりがいあります」

「そりゃよかった。——ラーメン店二軒がからむ事件なんで割烹課に声かけさせてもらったんだが、そっちの女性は？」

「ライターの鬼瓦トリルさんです」

「民間人なのか？」

「今回の二軒を両方とも一昨日取材して、原稿を書いています。店主同士の喧嘩《けんか》も目撃しているそうです」

「うーん、そうか……」

朝彦は、大河が「民間人の捜査参加はダメ」と言い出すのではないかと思ったが、彼の口から出たのは意外な言葉だった。

「さすがにラーメンの出てくる大河ドラマはないが、ラーメンの出てくる朝ドラという

と……」

トリルがすかさず、

「『まんぷく』ですよね。チキンラーメンの開発者の生涯を描いた……」

大河はニヤリとして、

「正解。でも、『てるてる家族』にもチキンラーメン開発者は登場するんだぜ」

朝彦は、それがどうした、と思ったが口には出さなかった。大河は、

「徳川光圀《みつくに》すなわち水戸《みと》黄門《こうもん》が日本ではじめてラーメンを食べた人物だと長いあいだ信じられていた。今はそれは定説ではなくなっているようだが、いずれにしてもかなり初期の段階でラーメンを食した武士であることは間違いない。私は、ラーメンと出会って感動した水戸黄門が、水戸藩を挙げての大事業としてインスタントラーメンの開発に乗り出し、ついにはそれを完成させるまでの生涯を描いた大河ドラマはできないか、と以前から思っているんだ」

遠くを見るような目をしてそう言ったあと、ふと我に返ったように、

「こんな身近に事件の関係者がいるとはラッキーだ。時間を取ってもらって申し訳ないね」

トリルは敬礼をして、

「はいっ、警察に協力するのは善良な民間人の義務ですから！」

朝彦は、

「初動捜査の結果はどうだったんですか？」

「この付近を機動捜査隊が調べたが、とくに怪しいものはいなかったそうだ。周辺住民への聞き込みも、事件が深夜だったんでほとんど成果はない。悲鳴なんかを聞いたものや目撃者も見つかっていない。駅周辺やコンビニの監視カメラも同様らしい。今のところ藤林は、自分はやっていないの一点張りだが、このままだとまもなく新宿署に捜査本部が設置されることになるだろう。——鬼瓦さん、きみが書いたその取材記事の原稿を読ませてもらえるかね」

トリルはスマホ画面に原稿を映し、大河に見せた。

「なるほど……ざっとしたことは耳にしていたが、本当にいがみあっていたんだな。そんな雰囲気の店でリラックスしてラーメンが食べられるとは思えんがねえ。凶器もスープをすくうためのお玉だし……」

トリルは強くうなずいて、

「私もそう思います。本当にお玉で叩《たた》き合うなんてどうかしてます。そもそもお互い取材お断りにしてるんだからほっときゃいいのに、そんなことするから目をひくんです。常連客はそれぞれ贔屓《ひいき》の店を応援して、調理道具を贈ったりしていたようですが、行き過ぎです」

「おや……ここの署名には飯塚竜子となってるね。もしやこれはあのテレビとかでよく見るタレントの……」

「あのひとはもともとグルメライターなんです。でも、最近はダイエットしなきゃならないことが多いらしくって、今回はあのひとの名義で私が書く、ということにしたんです」

「ゴーストバスターというやつだね」

「ゴーストライターです。でも、あのひとが店に来た証拠になるステッカーを私が貼って帰るのを忘れてたので、決裂しちゃいました」

「え……？」

大河が眉根《まゆね》を寄せた。

「今、なんと言いました？　あなたはステッカーを貼っていない、と？」

「はい。見えにくいところに貼ってくることになってたんですが……」

「ちょっと来てくれ！」

大河はトリルと朝彦を店内に導き、レジ横に貼られた「水は二杯目からセルフサービス」という張り紙の画鋲《がびょう》を抜いて張り紙をめくり上げた。そこにはリュウリュウステッカーが貼られていた。トリルが、

「ほんとだ！　よくこんなとこに貼ったの見つけましたね」

「我々はどんな小さな手がかりも見逃さないよ。――つまり、飯塚竜子は昨日の深夜、この店に来たということだな。顔を見られたら有名人だとわかるし、取材お断りの店にステッカー貼付の許可をもらうわけにはいかないから、店に入ったのは、閉店したあと

こっそりとだろう。そこで店主と遭遇して、泥棒だと思った店主に騒ぎ立てられ、思わずそこにあったお玉で脳天を……」

朝彦が、

「たかだかステッカーを貼るだけのために、取材お断りの店に深夜に侵入するなんて……」

「取材していないことがバレないようにするためよ。マスコミにバレたら『グルメダイエット本の著者は料理を食べずに本を書いていた!』とスキャンダルになるから……」

大河は、

「藤林のほかに、飯塚竜子も犯人である可能性がでてきたな」

朝彦が、

「ステッカーを貼ろうとして忍び込んだら、死体を見つけたのでそのまま帰宅して、口をつぐんでいるのかもしれませんよ」

大河が、

「今の段階では先入観は禁物だ」

そう言ったとき、

「あっ……!」

トリルが、流しの下の奥の方に置かれた赤いものを見つけて、手を伸ばした。

「触るな!」

大河が叫んだので、トリルは手を引っ込めた。

「現場のものには手を触れないように」

「すいません。でも、これ……」

しゃがみ込んでトリルはその赤いものをじっと見た。朝彦が、

「なんなんだ？」

トリルは有名な化学調味料の名前を口にした。

「この店、無化調じゃなかったのかなあ……」

大河が、

「今から、百池の自宅に行くからきみたちも同行してくれ」

三人は店を出た。しかし、なぜかトリルは何度も何度も振り返って店の外観を見ている。朝彦が、

「なにか見つけたのか？」

「うーん……化学調味料のことも釈然としないんだけど、ほかにもどこがどうとは言えないんだけど……引っかかる感じがあるんだよねー」

「なにか、とは？」

「なんとなーく、どことなーくおかしいのよ」

そう言いながらもトリルはパトカーに乗った。

◇

三人はパトカーで百池三太郎の自宅へ向かった。小さな古い一軒屋で、店からは車で十分ほどの場所にあった。表札も出ていない。代わりに「セールスマン、勧誘その他お断り」というぼろぼろの張り紙が貼ってあり、その字体はたしかに店に貼ってあるものと同じだった。そこにも刑事や鑑識たちが来ていて、情報収集に努めていた。

「なにかわかったか」

大河がひとりの刑事に声をかけると、彼はかぶりを振り、

「被害者はここの台所でいつも深夜にひとりでスープを仕込み、朝の十時頃にそれをライトバンに積み込んで店まで運んでいたようです。寸胴鍋《ずんどうなべ》や醤油《しょうゆ》、みりん、その他の食材が大量に置いてあります。大型の業務用冷蔵庫と冷凍庫にはとんこつをはじめ、肉や野菜もいろいろ入っておりました」

「なるほど……。〇〇はなかったか?」

大河は、店にあった有名化学調味料の名前を口にした。

「いえ……最近のラーメン店では係長とかなんとか言って、あまりそういうものは使わないのでは?」

「係長じゃない、無化調だ。そんなことはわかっている。なけりゃそれでいい。――続けろ」

「台所がでかい代わりに、家具はほとんどありません。小さな洋服収納ボックスと古い仏壇があったぐらいで、あとはテレビもない。本棚もない。万年床が敷いてあり、毎日、スープを仕込んで寝るだけの場所だったのでしょう。ただ……」

「ただ……？」

「パソコンが一台、机のうえに置いてありました」

朝彦が、

「俺が聞いていた百池のひととなりにパソコンはちょっとそぐわない気がしますね……」

大河は刑事に、

「パソコンは調べてみたか」

「本格的にはまだこれからです。でも、ネットにはたびたびつないでいたようです。ただし、アダルト動画サイトなどではありません」

「そんなことはきいていない」

「失礼しました。えーと……『クッキング百科』とか『家でごはん』とか『ツクルタベル』などのサイトに大量にブックマークがつけてありました」

それらは一般人が考えたレシピを投稿し、それを作ってみたひとが感想を書くサイトである。

「一般人のレシピでは意味がない。百池が書き残したスープのレシピノートなどはなかったか？」

「今のところはそれらしいものは発見できておりません」

「わかった。作業を続けてくれ」

　トリルが、

「百池さんはレシピは頭のなかにしかないと言っていたそうですが……」

「かっこつけてそんなことを言ってるやつにかぎって、なにか残してるもんだ」

　そのとき大河の携帯電話が鳴った。

「俺だ。――そうか……なんの証拠もないんだからやむをえんな。帰らせろ。ただし、監視はつけておけよ」

　切ったあと、大河は朝彦に言った。

「藤林が退去したいと言ってるらしいので帰宅させた。ただの重要参考人だから、これ以上縛るわけにはいかん。とにかくだれがやったのかを一刻も早くつきとめないと……」

　深刻そうな大河の顔つきを見ていると、さっきまで「水戸黄門のラーメン」の話をしていた人物とは思えなかった。

◇

　黒いレザーのジャケットを着た飯塚竜子は事務所のソファに寝転がっていた。その表情は険しかった。チャイムが鳴り、飯塚はびくっと身体を硬くした。最初は無視していたが、チャイムは何度も何度も鳴らされる。今日はマネージャーもアシスタントもいない。しかたなく立ち上がり、インターホンの受話ボタンを押した。画面には知らない男がふたり映っている。思っていた相手ではなかったので、飯塚は少しだけホッとした。

「どちらさまですか。今取り込み中で……」

ひとりが背広の内ポケットから手帳を出してこちらに示した。

「警視庁刑事部捜査一課のものです。少しお話をうかがいたいのですが……」

「なんのお話でしょう」

「昨日の深夜のことなどです」

来たか、と飯塚は思った。

「お話しすることなどなにもありません」

「新大久保の駅近くで百池ラーメンというラーメン店の主が殺されました」

「それと私とどういう関係が……」

「一昨日《おととい》の昼、その店に行ったでしょう」

「さあ……忙しいんで一昨日のお昼をどこで食べたかなんて忘れちゃいました」

「あなたが書いたラーメンに関する記事を入手しました。あなたはその店と仲の悪い近所のべつの店も訪れている」

「その店に行った客なんてほかにもいっぱいいると思います。どうして私だけが……」

「あなたが昨夜遅く、その店に侵入したのではないか、という可能性が出てきましてね、どうしてもお話をうかがいたいと……」

「お断りします。どうして私が深夜にラーメン屋なんかに忍び込まなきゃならないんです？　あんまりでたらめな言いがかりつけるつもりなら、弁護士に……」

そこまで言ったとき、飯塚竜子はインターホンの画面のいちばん後ろに三人目の人物が立っていることに気づいた。それは鬼瓦トリルだった。飯塚はため息をつき、

「わかりました。ご近所に聞こえると外聞も悪いのでお入りいただきます」

三人が入ってきた。飯塚はトリルに小声で、

「あんた……チクったね」

「そんな……ひと聞きの悪い……殺人事件だから協力しただけです」

「私、今からTBSで収録があるんで時間がないのに……あんたのせいよ！」

「そういうことは私じゃなく、刑事さんに言ってください」

そう言うとトリルは飯塚の横をすり抜け、部屋に入った。三人は狭い応接室のソファにぎゅうぎゅうに座った。すぐに真ん中の刑事が口を開いた。

「ドジ坊、おまえがご説明しろ」

若い男性刑事がうなずいて、

「わかりました。花菱朝彦と申します。――あなた、グルメライターの飯塚竜子さん、通称リュウリュウさんで間違いないですね」

「はい……でも、私は……」

「こちらで把握していることを申し上げますので、違っているところがあったら、違う

と言ってください。えーと……あなたは『エリザベス』という雑誌からの『取材拒否の店の味をこっそり紹介します』というテーマの依頼を受け、新大久保のラーメン店百池ラーメンに行ってラーメンを食べ、そのことを勝手に記事にすることにしました。しかし、あなたは近頃ダイエット関係の仕事やタレントとしての仕事が増えたため、実際に食べにいかずに記事を書くようになっていました。代理の人にステッカーを貼ってきてもらうことで、自分が行ったふりをするわけです。今回も店に足を運び、ラーメンを食べたのはここにいる鬼瓦さんでした。ところが、お茶目な鬼瓦さんはうっかりしてステッカーを貼ってくるのを忘れてしまった。だから、店にあなたのステッカーはないはずなのに、我々は『水は二杯目からセルフサービス』という張り紙の下に隠されていたリュウリュウステッカーを見つけたのです。つまり……あなたは昨日の深夜、ステッカーを貼るために百池ラーメンに行ったわけですね」

そう言って、朝彦は数枚の写真を飯塚竜子に見せた。どれも店内の写真を大きく引き伸ばしたもので、一枚には「水は二杯目からセルフサービス」という張り紙が、べつの一枚には同じ場所にステッカーが、ほかの数枚には厨房内の様子が写っていた。

「な、なに言ってんのよ。そんなことしてないわよ。私は一昨日の昼間、百池ラーメンにお客さんとしてフツーに食べにいって、そのとき、ステッカーをこっそり貼ったのよ。そのあとフジバヤシ軒でも一杯食べた。だから、昨日の深夜にステッカーを貼りにいく必要なんかないわけ。わかる？」

「でも、ここにいる鬼瓦トリルさんは、店に行ったのも自分だし、原稿を書いたのも自分、ただし、ステッカーは貼っていないと主張していますが……」

「そんなもの、その子が嘘ついてるに決まってるでしょ」

「なんのためにトリルさんはそんなことをしなきゃならないんです？」

「私を陥れるためよ。ライターの先輩として、私の人気がねたましいんだろうけど、いい加減にしてよね」

トリルは顎《あご》を突き出して、

「でないと、飯塚さんはちゃんと店に行って自分で書いてる、ということと、昨日の夜中に店に行ってない、ということが両立しませんから、そう言うしかないですもんね。食べずに書いてることがバレたら業界追放だし、夜中に侵入したことがバレたら殺人犯……私が嘘をついてることにするしかないわけです」

「私は嘘なんかついてない！　刑事さん、こんな無名の小娘とマスコミで名の通った私とどっちのいうことを信じますか？」

飯塚はうるんだ目で朝彦を見つめた。

「信じてあげたいんですが、そうもいかんのです。じつは……あなたには一昨日の昼間にステッカーを貼れるはずがないのです」

「どういうことよ！」

「あの『水は二杯目からセルフサービス』という張り紙は、昨日の夜、店を閉める直前に百池が貼ったものなんです。これは複数の常連客に確認してあります。だから、一昨日の昼間、あの張り紙はまだ存在せず、その下にステッカーを隠すことも当然できなかったのです。つまり……あなたがあの店に行ってステッカーを貼ったのは一昨日の昼ではなく、昨日の閉店時間以降、と推察されるわけです」

飯塚竜子の口が「あ……」という形になったが、声は出なかった。朝彦はなおも続けた。

「我々としては、あなたが深夜にステッカーを貼ったあと、店主の百池とばったり出くわした。泥棒だと思った店主に騒がれたので、有名人であるあなたはスキャンダルになると思い、口を塞《ふさ》ぐために思わずそこにあったお玉を手にした……そう考えているのですが」

「ち、ちがう……ちがいます！」

飯塚は絶叫に近い声でそう言った。その顔は氷のように白かった。

「もう……なにもかも言ってしまいます。たしかに私は昨日の夜中にラーメン店に行きました。雑誌が出るまでにどうしてもステッカーを貼らないといけない。私は焦ってました。トリルとは決裂してしまったし、あいにくアシスタントもマネージャーもいない。自分で貼るしかない、と……。いつまでたっても店の電気が消えないので、しびれを切らした私はなかに入りました。どれでもよかったんです。適当に選んだ張り紙の画鋲《がびょう》を抜いてめくり上げ、そこにステッカーを貼り、また張り紙をもとに戻しました。そして、店を出ようとしたときに、なにかに躓《つまず》いて……それが死体だとわかって悲鳴を上げようとしたとき……」

「なにかあったんですか」

「私の目のまえに一枚の紙が差し出されました」

「紙？　それはいったい……」

「受け取ったんですが、ただの白紙でした。私は顔を上げて、紙を渡したその人物を見ました。左手に血の付いたお玉を持っている。殺される……そう思ったとき、その人物は私に向かって……『死んだ』と言ったのです」

朝彦は、

「『死ね』じゃなくて『死んだ』ですね」

「はい……私は、その人物が店主を殺したのだと思い、咄嗟《とっさ》に突き飛ばして、店から走り出ました。そこからどうやって帰ったのか覚えていません。たぶんタクシーに乗ったんだと思います。——これがその紙です」

朝彦は受け取って、裏表をじっくり見たが、

「ただの白紙ですね……」

大河が、

「その人物とは……この男でしたか？」

大河は藤林福之助の写真を示した。

「男性の声だった、とは思うのですが、フードを深くかぶっていたので、顔は見えませんでした」

「本当ですね」

「はい……」

「では、今から警察に来ていただいて、係のものがもう少し詳しいお話をうかがうことになります」

「で、でも、私、絶対に殺してなんかいません！」

「もし真犯人が見つかったら、それが証明されるでしょう」

大河は部下に携帯で、飯塚の事務所に車を回すよう指示した。蒼白《そうはく》な顔でうなだれた飯塚はトリルに、

「私はもうおしまいよ。この事件のことが新聞や雑誌に出たら、私の名前も、やったことも出てしまう。マスコミはすぐに食いついてきて、面白おかしく書き立てる。私が読者やテレビ局、YouTubeの視聴者、ダイエット教室の生徒……みんなをだましてたことがバレてしまう。破滅よ……」

「そんなことないと思いますけど」

「――え？」

「飯塚さんはもっとしたたかで強いひとなのかと思ってました。飯塚さんがやってたのは悪いことかもしれないけど、百池さんを殺してないなら、とにかく真剣に謝罪して、

もしなにかの罪に問われたらそれをつぐなって、一からやり直せばいい、と思います。きっとわかってくれるひとはわかってくれますよ」

飯塚はこくりとうなずき、

「ライターだった私が露出が増えて有名になっていくにつれて、嘘をついてることへの罪の意識がどんどん希薄になっていった。最初はそれが怖かったけど、そのうちに慣れてきちゃったのね。たぶんみんなから叱られ、軽蔑《けいべつ》されると思うけど、ひと殺しになるよりましよ。ありがと、トリル」

飯塚はアシスタントの宝井真理子とマネージャーのワーム関口にそれぞれ電話を入れ、簡単に事情を説明した。ふたりとも、

「今日かぎり辞めさせてもらいます。今月の給料は日割りでいただきますから」

即座にそう言ったらしい。そのとき、チャイムが鳴り、

「新宿署の富山《とみやま》です。大河さん、いますか？　車持ってきました」

飯塚が立ち上がろうとしたはずみで、テーブルのうえに置いてあった写真が何枚か床に落ちた。拾おうとした朝彦の手から、トリルが写真をもぎとった。

「なにするんだよ」

しかし、トリルは朝彦を無視してその写真をしばらく見つめたあと、

「なにかおかしい、どこかひっかかると思ってたんだけど、やっとわかった」

「なんのことだ？」

トリルは写真を朝彦に見せた。厨房《ちゅうぼう》を写したもので、コンロのうえには大小二種類の寸胴がそれぞれふたつずつ、計四つが載っていた。

「この寸胴のマーク……」

四つのうちふたつには、富士山と二本の木のデザインのマークの下に「フジバヤシ軒」と小さく記されていた。拡大しないとわからなかっただろう。トリルは、

「このふたつはフジバヤシ軒のもの。常連客の有志がお金を出し合って、店主にプレゼントしたものです。作り方を絶対他人に知られないように自宅でしかスープを作らない藤林さんの寸胴がどうして百池ラーメンにあるんですか!」

朝彦と大河は顔を見合わせた。大河は通りかかった部下を呼び寄せ、なにごとかささやいた。部下の刑事は顔を引き締めてうなずき、どこかに駆けていった。

◇

その日の夜、朝彦は「警視兆」にいた。捜査の進捗《しんちょく》状況を報告するためだ。今夜は休業で、店には森川しかいなかった。

「なるほど。だいたいわかりました。――で、あんさんはどない思てるの?」

「なにがです?」

「事件の真相や。なにが昨日の夜、百池ラーメンで起こったのか。店主を殺したのはだれか」

「あるはずのないフジバヤシ軒の寸胴が百池ラーメンにあった……つまり、百池ラーメンの店主はとうとうフジバヤシ軒の寸胴を盗んで、スープの秘密を調べようとしていた。それに気づいたフジバヤシ軒の店主がやってきて、揉《も》み合いになり、藤林は百池をお玉で殴って殺害した。そんなことを知らない飯塚竜子がやってきて、ステッカーを貼ったあと、死体に気づいた……そんなところじゃないでしょうか」

「つまり、犯人は藤林福之助、と言いたいのやな」

「違いますか」

「違うな」

女将《おかみ》は朝彦の耳に口を近づけるとささやくように言った。

「フジバヤシ軒の寸胴が百池ラーメンにあった理由は、盗まれたから……以外に考えられへんか？　たとえば……」

そのあと森川が口にした言葉を聞いて朝彦は、

「ま、まさか……」

「明日《あした》からしばらく様子を見てたらわかるわ。それと、犯人らしい男が口にした『死んだ』ゆう言葉やけどな」

「長年ライバルだった憎い男がとうとう『死んだ』……そういう意味だと思ったんですが」

「『死んだ』やのうて『信者』やったんとちがうか？」

「信者……？」

その瞬間、朝彦の頭のなかでパズルがぱちんとはまった。

◇

帰宅した藤林を出迎えたのは大勢の常連客だった。彼らは藤林の自宅の住所を調べ、そのまえで待っていたのだ。

「お帰りなさい！」

「お疲れさまでした」

「疑いが晴れてよかった。これからも美味《うま》いラーメン、お願いします！」

「百池がいなくなったのがもっけのさいわい……と言ったら悪いけど、これからは喧嘩《けんか》しなくてもいい。こっちの天下だ」

「一日でも早く店を再開して、日本一のラーメン食べさせてください！」

しかし、藤林はうれしそうな顔もせず、彼らの声援に反応するでもなく、

「もう……ラーメンは作らない……」

とつぶやくと、こそこそとした態度で家に入っていった。

それから一週間ほど経ったが、家に閉じこもり、まったく出てこないのだ。買いものにも行かないというのはおかしい。まさかライバルの死に責任を感じて首でもくくっているのでは……と危惧《きぐ》する声もあったが、夜には電灯が点《つ》いており、朝になると消える

のでそうでもないらしい。心配した常連のひとりがこっそり窓からのぞき込むと、大量のカップラーメンの容器が積み上げてあったという。カップ麺《めん》をあれだけ毛嫌いし、馬鹿にしていたあの店主が……と常連たちはショックを受けた。

「きっと今度のことで心が折れて、ラーメンを作ろうという気にならないんだろう。もう一度スープ作りを再開すれば、調子を取り戻すはずだ」

「みんなで藤林さんが元気になるように毎日声をかけよう」

「そうだ。自分にはこれだけの応援団がいる、とわかったらきっと俺たちのためにラーメンを作ってくれるはずだ」

彼らは毎日、決まった時間に藤林の家のまえにお玉を持って集合し、

「藤林さん、顔を見せてくれ」

「俺たちの思いを聞いてくれ」

「私たちはあなたのラーメンが食べたいんです」

「もう一度寸胴のまえに立ってください」

「あの美味《おい》しいとんこつ醤油《しょうゆ》のスープを味わわせてくれ」

そう叫んだ。たいへんな近所迷惑だが、藤林は「やめろ」と怒鳴るでもなく、「ありがとう。もう少し時間をくれ」でもなく、なんの反応も示さなかった。

「たぶんまだ犯人が捕まっていないので、再開のふんぎりがつかないんだろう」

「あれだけ仲が悪かったとはいえ、同じラーメン屋同士、どこか意識していたんだろう

な」

「警察はなにをしてるんだ。無能すぎるだろ」

　そんなことが連日続いた。朝彦はすでにこの事件への協力任務を解かれ、割烹《かっぽう》課勤務に戻っていたが、自分の考え（森川にアドバイスを受けてのものだが）は大河に伝えてあった。

「なるほど……それはアリかもしれないな。でも、それが正解かどうかを知るためには、しばらく藤林を泳がせておく必要があるな」

「その間、捜査本部はかなり叩《たた》かれると思いますが……」

「しかたないよ。いつもそんなもんだ。ここは徳川家康で行くしかない」

「なんのことです？」

「忍耐だ。鳴かぬなら鳴くまで待とうほととぎすってやつだ」

「真犯人」が逮捕されることのないまま日々が過ぎていった。飯塚竜子は記者会見を開き、一連の嘘について謝罪した。殺人事件の現場に居合わせていたことも告白したが、犯人であることは強く否定した。現場で殺人犯とおぼしき人物に会った、という話はけっこうな衝撃を視聴者にもたらした。

「それも嘘ではないのか。犯人はリュウリュウなんじゃないか」

　という意見も多かったが、警察は「飯塚竜子氏が犯人でないことは確認済である」と発表した。飯塚はかなりの非難を各方面から浴びたものの、いくつかの番組を降板することですぐに沈静化した。マスコミが求めているのは「逮捕」であって、犯人でないならスキャンダルとしてはほぼ無価値だからだ。

一方、藤林があいかわらずなんの動きも見せないので、さすがに応援団たちも焦燥感を募らせていった。

「藤林さんはもうラーメンを作る気がないのか」

「あれだけ応援してやったのに……」

「いくらなんでも出し惜しみしすぎだろ。待たれてるうちが花だぜ」

「いや……私はいつまでも待ち続けるさ。きっといつか、やる気になってくれると思う」

そんなある日、朝彦の携帯に大河から電話があった。

「ドジ坊、藤林の家のまえにすぐに来てくれ。できればトリルさんも誘って……」

朝彦が暇にしていたトリルを途中で拾い、あわてて覆面パトカーで駆けつけると、そこには大勢の男女が集まっていた。五、六人の制服警官もいて、少し離れたところに大河が腕組みをして立っていた。朝彦とトリルは隣に並んだ。朝彦が、

「たいへんな騒動ですね」

「いつかはこうなると思ってた」

家の入り口に向かって右側にいるのは復活を願って連日応援に駆けつけているフジバヤシ軒のファンたちである。そして、左側にいるのは……。

「おーい、藤林！　出てこーい！」

「わかってんだぞ、おまえが百池さんを殺したんだろ！」

「いいかげんに白状しろ！」

「出てこないなら俺たちが踏み込んで、おまえをぼこぼこにしてやる！」

彼らは百池ラーメンの常連たちだ。

「出てこい！」

「卑怯《ひきよう》だぞ！」

口々に叫びながら、家の戸をぶち破ろうとしたので、フジバヤシ軒の応援団たちが彼らのまえに立ち塞《ふさ》がり、

「藤林さんに手を出すな！」

「百池が死んだのは自業自得だ」

「なんだと？」

「俺が聞いた話だと、百池はスープに化学調味料を入れてた。押収された証拠品の写真に、業務用の缶が写ってたぜ」

大河は目を丸くして、

「おいおい……捜査情報、漏れてるじゃないか」

と苦笑した。

左右に分かれたファンたちは手に手にお玉を振り上げた。

「かかってこい！」

「今日こそ決着つけてやる」

「百池さんの仇討《あだう》ちだ」

「藤林さんを悪く言うな！」

「あいつがやったに決まってる」

「正直、百池が死んでせいせいしたよ」

今にも両者は衝突しそうである。

「いかん、これは血の雨が降るぞ。そろそろ止めるか」

進み出ようとした大河の袖《そで》を朝彦はつかみ、

「もう少しだけ様子を見ましょう。——ほら……」

家の扉が開き、藤林福之助が現れた。髪はくしゃくしゃで無精髭《ぶしょうひげ》が長く伸び、目は落ちくぼんでいる。彼は両手を高く上げて、

「ま、待ってくれ。俺が全部説明するから、落ち着いてくれ」

一同は振り上げたお玉を下げた。

「出し惜しみでもなんでもない。長い間うちの店を支えてくれたあんたたちに報いるために、俺だってできることならラーメン屋を再開したかったよ。けど……できなかったんだ」

「どうしてですか」

誰かが言った。藤林はしばらくうつむいていたが、やがて、押し出すように言った。

「俺にはスープなんか作れないんだ。作ってたのは全部兄貴……百池三太郎なんだ！」

双方の支持者から驚きの声が上がった。

「俺は毎朝、兄貴が作ったスープとかえしをもらってライトバンに積み、店まで運んでた。それだけだ。どうやって作ってたかなんてまるで知らない。兄貴のスープには化学調味料が入ってた、だと？　そんなわけないだろ。うちとおんなじスープなんだから」

藤林は咳払《せきばら》いすると、

「もともと俺は建設現場で働いてたんだ。そこで知り合ったのが兄貴だった。兄貴は昼間は現場で働いて金を貯めながら、晩はラーメンの屋台を曳《ひ》いていた。夜間工事をやってる現場を中心に回るんだ。みんな腹が減ってるからよく売れた。だれに教わったわけでもない、自分で工夫したとんこつ醬油のスープはけっこう評判になった」

皆、真剣に聞き入っている。

「兄貴にはいつか自分の店を持ちたいっていう夢があった。そして、それがようやく実現することになった……」

そのとき百池三太郎は彼にこう言ったという。

「喜んでくれ、フジ。やっと金が溜《た》まったよ。新大久保の駅の周りに、安くていい物件も見つかった。それも二軒！」

「おめでとう、兄貴。これでもう屋台は卒業だな。で、どっちの物件にするんだ？」

「二軒とも借りちまおうかと思ってるんだ」

「なんだって？」

「ラーメン激戦地の東京で新参の店がやっていくには、最初から二軒ではじめる方がいい」

「いきなりチェーン店ってわけか」

「そうなんだが、そのことは秘密にしておく。それで、その二軒をバチバチに喧嘩《けんか》させるんだ。どっちの方が美味《うま》いか、で客は両方につくはずだ。喧嘩すればするほど評判は上がると思う」

「やっぱり兄貴は策士だねえ。考えることがちがう」

「俺は、このスープに自信はあるが、それだけじゃあ生き残れない。――どうだ、この計画」

「いいと思うよ。けど、一軒は兄貴がやるにして、もう一軒を任す店主の心当たりはあるのか？」

「ある。――おまえに頼みたい」

「ば、馬鹿言うな。俺は料理なんてしたこともないんだ」

「心配するな。スープとかえしは俺が二軒分作ってこっそり届けてやる。おまえがやるのは、麺《めん》を時間通り湯掻《ゆが》いて、湯切りをして、丼《どんぶり》に入れるだけだ。あとはネギとチャーシューを載せればいい。ネギぐらい刻めるだろう」

「自信ない」

「とにかく俺がスープを作ってるってことを知られたらおしまいだ。家で作って、毎日店に運んでくる。レシピは従業員にも内緒。それを通せば、バレずにすむ。だから、マスコミの取材はぜったいに断るんだ」

「そりゃそうだろ。俺になにかきかれても、なんにも答えられないからな。――ラーメン以外のメニューはどうするんだ」

「ラーメンとチャーシューメンしか出さない。チャーハンも白飯もなしだ」

「そんなのでいいのか」

「それがいいんだ。いかにも頑固らしくて客が来る……」

藤林は、そのときの会話を思い出したのか、遠い目をしていた。

「その日から、俺の嘘つきラーメン屋人生がはじまった。兄貴の策略は見事に当たった。あっという間にどっちの店も行列ができる大人気店になった。常連客もついて、こっちが美味い、いや、あっちだ、だの言い合ってるのを聞いてて、俺は内心おかしくてたまらなかった。なんたって、まったく同じ味なんだからな。違うとしたら、湯搔き方と湯切りだろうが、あんなものはすぐに上手《うま》くなる。その日その日の天気や気温に合わせて、微妙にかえしやスープの量を変えてる、とか言ってる客もいたが、俺はなんにも考えずに、ただただ適当に作ってただけだ」

常連たちは口々に、

「そんなの嘘だ。嘘だと言ってくれ！」

藤林はうなだれて、

「嘘でない証拠は俺の家に入ったらわかる。台所にはなんにもない。カップラーメンが山ほどあるけどな」

皆は黙った。

「喧嘩をすればするほど客が来た。店が有名になっていくにつれて、嘘をついてることへの罪悪感がなくなっていった。最初はびくびくしながらやってたが、慣れちまえばなんとも思わなくなった」

朝彦は、同じような言葉を最近聞いたような気がした。

「兄貴は、俺にはスープにどんなものを入れてるのか、とかそういうことは一切教えてくれなかった。客に変な発言をしたらボロが出るから、と言ってた。俺もきこうとはしなかった。あのスープは兄貴の命で、兄貴が死んだと同時にこの世から消えちまった。それでいいんだ、と思ってたが、今となってはきいておけばよかった、と後悔してる。けど……もう遅い」

藤林は無精髭をばりばりと掻き、

「店を閉めたら後片付けをして、家に帰ってちょっと仮眠して、それからスープの仕込みを開店時間までにしなくちゃならない。それが毎日だ。きっとへとへとだったと思うが、兄貴は『フジ、俺はスープを作るのが楽しいんだ。俺の唯一の趣味だ』って笑ってた。本心だったと思う。俺……？　俺はただ、兄貴を信頼して言うとおりにしてきただけさ。兄貴と本音でしゃべれるのは朝のほんの短いあいだだけだが、こんなに仲がいいのにいがみあってるふりをするのもしんどいな、と俺が言ったことがあって、兄貴が笑いながら、そのうちふたりとも引退して店を畳んだら、どこか遠いところに引っ越そうぜ、それまでの辛抱だって言った。けど……そんな日はもう来ない……」

絞り出すような声に、どちらの支持者も悄然《しょうぜん》としている。藤林は双方に頭を下げ、

「皆さんをだまして申し訳なかった。でも、ほんとのことがやっと言えてすっきりしました」

トリルが朝彦に、

「あんたの推理は当たってたみたいね」

「俺の、というより、森川課長の、だけどな」

大河が進み出て、

「藤林さん、それじゃもう一度警察にご足労願って詳しくお話をうかがおうか。ま、俺の管轄ではないけどな」

制服警官のひとりに合図をしたとき、百池のファンらしき男が、

「スープのからくりはわかったけど、百池さんはだれが殺したんだ？　藤林か？」

藤林はかぶりを振って、

「俺はやってない。やるはずがないだろう」

「じゃあだれが……」

朝彦は、ちらとトリルを見た。トリルはそっと藤林の支持者のなかのひとりを指差した。大河が朝彦の背中を叩《たた》いた。今度はおまえの出番だ、というわけだろう。朝彦はつんのめるようにまえに出ると、

「だれが百池さんを殺したのか、という疑問に今からお答えしましょう」

そして、藤林の支持者たちに歩み寄り、ひとりの人物のまえに立った。

「あなたですよね、百池さんを殺したのは」

その人物はフードを外した。現れたのは黒縁眼鏡をかけた若者、大隅の顔だった。

「そうです」

大隅はニヤリと笑い、簡単に肯定した。証拠はなかった。どちらの店のスープも百池が作っていた、という藤林の告白を受けてのいちかばちかの賭《か》けだったが、あっさり成功してしまった。周囲の藤林ファンたちが一斉に距離を置いた。

「どうしてそんなことをしたんです」

朝彦の問いに大隅は肩をすくめると、

「まさか百池がどっちのスープも作ってるなんて知らなかったからねえ、俺はとにかく藤林さんとこが贔屓《ひいき》だったんで、あの夜、バイト先の飲み会で酔っぱらったときにふと思ったんだ。化学調味料の業務用の缶を百池の店のどこかに置いとけば、常連が見つけて騒ぎ出し、評判がガタ落ちになるだろうってね。さっそく実行した。二十四時間営業のスーパーで買って、百池の店に行った。見つからずに入り込むのは難しいかもしれな

いと思ったが、酔いも手伝って大胆になってたんだろうな。正面から入って、厨房の流しの下に赤い缶を置いた……」

すぐに出ていこうと思ったようだが、彼は厨房のコンロのうえに驚くべきものを見つけた。四つ並んでいる寸胴のうち、ふたつは間違いなく彼ら有志が金を出し合い、フジバヤシ軒に贈ったものではないか。酔った頭で彼は考えた。

（そうか……百池は藤林さんのスープの味を盗もうとしてるんだ……）

激しい怒りが沸いてきた。そのとき、

「おまえ、ここでなにしてる！」

そういう声がした。百池だ。

「見ーたーなあ……！」

百池がつかみかかってきた。ふたりは激しくもみ合った。そのうち大隅の手が流しにあったなにかに触れた。お玉だ。大隅はそれをつかんで、百池の頭を思い切り叩いた。最初の一撃で百池は仰向《あおむ》けに倒れて白目を剝《む》いた。大隅はなおも何度もお玉をふるった。やがて、百池は動かなくなった。

「やってしまったことへの後悔はなかった。フジバヤシ軒の味を盗もうとするなんて万死に値すると思ってたから。でも、捕まるのは嫌だったから出ていこうとしたら、だれかが入ってきた。あわてて厨房の奥に隠れたんだけど、そいつはレジ横の張り紙を外して、なにかごそごそしてやがる。そっと顔を見て……びーっくりしたよ！　ひゃっほー！　これは奇跡だ、と思ったね。運命を感じた。それは……それは……リュウリュウだったんだ。帽子とマスクで変装してるつもりかもしれないが俺にはわかった。たぶん百池が張り紙を書くために置いてあった白紙が目についたからそれを一枚取って、リュウリュウに差し出して、『信者です。サインください』って言おうとしたのに、『信者……』って言ったところでリュウリュウは俺を突き飛ばして出ていっちまった。ま、仕方ない。偶然にも生リュウリュウと会えただけでもラッキーすぎる！　俺はその喜びを嚙《か》みしめながら、お玉や化学調味料の缶についてるはずの指紋を拭《ふ》きとって、店を出た。あのあとマスコミでいろいろ叩かれて、百池殺しの犯人みたいに言われることもあったから、何度も『リュウリュウじゃない、俺がやったんだ』って名乗りでようと思ったけど、そんなことしたら藤林さんのラーメンが食えなくなる、と我慢した。けど……ははは、まさかこんなオチとはねえ」

　そこまで言って、彼はふとまわりの連中の視線に気づいた。どちらの店の応援者たちも大隅に激しい憎悪の視線を向けながらゆっくりと近づいてくる。藤林までもがそのひとりに入っている。

「ま、待て。俺も知らなかったんだよ、百池が二軒分のスープを作ってたなんて……。悪いのはあいつだろ。俺も被害者なんだ。藤林さん、俺はあんたのためにやったんだぜ。ま、待て、待ってくれ」

　全員が大隅に襲いかかろうとしたので、朝彦が割って入り、

「リンチはだめだ。――タイガーさん、お願いします」

大河が大隅に、

「新宿署まで来てもらおう。おそらく取り調べのあと、逮捕されることになるからそのつもりで」

「証拠はあるのかよ。俺の証言だけだろ」

朝彦が笑って、

「あんたが飯塚竜子に渡した白紙に、たぶん指紋がついていると思うよ」

それを聞いた途端、大隅は一本取られたなあ、というような顔になり、大河と制服警官に挟まれておとなしくパトカーに乗り込んだ。

「あとは頼むぞ、ドジ坊」

パトカーが行ってしまったあと、朝彦が皆に解散をうながすと、

「ああ……もうあのラーメン食えないのかなあ……」

「幻になっちまったな……」

「二度と食えないとなるとよけいに食いたくなるな」

「ほんと言うと、百池ラーメンとかフジバヤシ軒とかどうでもよかった。俺はあのスープが好きだったんだ」

「私も今気づいたわ」

常連たちは口々にボヤキながらも三々五々散っていった。

◇

「なにこれ、美味《おい》しーい！」

麺《めん》をひと口啜《すす》ったトリルが店中に響くような大声を出した。朝彦は、

「お、おい、もっと小さな声で……」

「美味しいもの食べると、つい声が大きくなるんだって」

「そりゃそうかもしれないけど……」

ふたりは神田《かんだ》にあるラーメン専門店「専門家」に来ていた。注文したのはとんこつ醬《しょう》油《ゆ》ラーメンである。朝彦はスープを飲んで、

「これは『家系』っていうやつだな」

一見、どろどろのスープに太麺という組み合わせだが、啜ってみるとけっこうあっさりしている。具はチャーシューとほうれん草が載っているだけだ。

「けど、百池さんのところの味ではないよね」

「ふーん……」

じつは今日ラーメンを食べるのはこれで三杯目である。森川課長が、

「今回はトリルさんのお手柄やった。これ、デズニーランドに行かれへんかったお詫《わ》びや。わてからや、て言うて渡しといて」

とポケットマネーから一万円くれたのだ。朝彦がトリルに渡して、

「これでデズニーランドに行ってくれ」

と言うと、

「ディズニーよ。でも、それより東京の美味しいとんこつ醤油ラーメンを食べにいきたい」

というわけで、朝彦も休みを取り、ふたりでラーメン三昧《ざんまい》をしているというわけだ。

一軒目はいわゆる「二郎系」で、大量のモヤシ、キャベツ、チャーシュー、ニンニク、背脂が載っていた。トリルによると、百池の味とはまったく異なる方向性だという。その一杯だけで相当満腹になったのだが、トリルは二軒目に行くという。「ピッグボーンズ・アンド・ソイソース」という名前の店で、内装もこじゃれており、客のほとんどは女性だった。雑味のないクリーミーなスープで、タマネギやフルーツを使っているのか、かなり甘めだった。そして、ここが三軒目なのである。

スープを飲み干したトリルが、

「あー、美味しかった。東京とんこつ醤油ラーメンツアー、これにて終了」

もう一軒、と言い出すのではないかとビビっていた朝彦はホッとした。

「あー、俺も一度でいいから百池さんのラーメン、食ってみたかったよ。常連さんじゃないけど、食べられないと思うとよけいに食べたくなるな。ないものねだりっていうやつだ」

「藤林さんはどうしてるの？」

「家にいるよ」

藤林福之助は、とくになにか「罪」を犯したわけではない。殺人事件の参考人として聴取されただけなので、すぐに帰宅を許された。しかし、長年だましていた常連客へのつぐないから、どこかのラーメン店で一から修業していずれは店を再開したい、という思いが芽生えたらしい。

「夢みたいな話かもしれませんが、死ぬまでには実現させたいんです。でも、兄貴のあの味のスープの店って、どこにもないんですよね。レシピもないし……。兄貴じゃなくて俺を殺してくれればよかったのに……」

自嘲《じちょう》気味にそう言っていたという。

「ふーん……私もとんこつ醤油のスープ、作ってみたいな。そもそもどうやって作るんだろう……」

トリルはそう言いながらスマホをいじりはじめた。この店は、食べながらラインをしようとマンガを読もうと自由なのである。

「ねえ、百池さんの家にレシピノートみたいなもの、ほんとになかったの？」

「徹底的に探したらしいけど見つからなかったらしい」

「でも……度忘れしたら怖いからどこかにメモしてあるんじゃないかと思うんだけど……たしかパソコンがあったよね」

「パソコンの中身も記憶媒体も調べてもらったそうだよ」

「あ、そう」

トリルはしばらく無言でスマホ画面をスクロールしていたが、

「ねえ、私、見つけたみたい」

「なにを？」

「百池さんのレシピ」

「マジ？」

「マジ」

トリルは、

「ジャーン！」

と言いながらスマホの画面を朝彦に向けた。それは「クッキング百科」という素人《しろうと》がレシピを投稿するページだった。投稿のタイトルは「家でもできる専門店の味。とんこつ醬油ラーメンのレシピ」となっていて、スープの取り方、かえしの作り方、麺の湯掻《ゆが》き方、トッピングなどが写真入りで詳しく解説されていた。投稿者は「モモチ（東京都）」となっていたが、写真の端々に見切れている台所は間違いなく百池の家のものだった。しかし、とんこつを使って一から作っていく、というレシピはこのサイトの閲覧者にはけっこうハードルが高いのか意外と反応は少なく、逆に「市販のスープで超簡単とんこつ醬油ラーメン」みたいなレシピの方がはるかに人気があった。

「藤林さんの夢が案外早く実現しそうね」

「百池さんは秘密秘密って言いながらこんなところに公開してたんだなあ。全然気が付かなかったよ」

「レシピを隠すならレシピのなか、ということね」

ふたりは同時に立ち上がった。

本書は書き下ろしです。
本作はフィクションであり、登場する
人物・組織などすべて架空のものです。

警《けい》視《し》庁《ちょう》地《ち》下《か》割《かっ》烹《ぽう》

田《た》中《なか》啓《ひろ》文《ふみ》

令和6年 9月25日　初版発行
令和7年 1月15日　4版発行

発行者●山下直久

発行●株式会社KADOKAWA
〒102-8177　東京都千代田区富士見2-13-3
電話　0570-002-301（ナビダイヤル）

角川文庫 24323

印刷所●株式会社KADOKAWA
製本所●株式会社KADOKAWA

表紙画●和田三造

●お問い合わせ
https://www.kadokawa.co.jp/（「お問い合わせ」へお進みください）
※内容によっては、お答えできない場合があります。
※サポートは日本国内のみとさせていただきます。
※Japanese text only

ISBN 978-4-04-115149-5　C0193

◆◇◇

角川文庫発刊に際して

角　川　源　義

第二次世界大戦の敗北は、軍事力の敗北であった以上に、私たちの若い文化力の敗退であった。私たちの文化が戦争に対して如何に無力であり、単なるあだ花に過ぎなかったかを、私たちは身を以て体験し痛感した。西洋近代文化の摂取にとって、明治以後八十年の歳月は決して短かすぎたとは言えない。にもかかわらず、近代文化の伝統を確立し、自由な批判と柔軟な良識に富む文化層として自らを形成することに私たちは失敗して来た。そしてこれは、各層への文化の普及滲透を任務とする出版人の責任でもあった。

一九四五年以来、私たちは再び振出しに戻り、第一歩から踏み出すことを余儀なくされた。これは大きな不幸ではあるが、反面、これまでの混沌・未熟・歪曲の中にあった我が国の文化に秩序と確たる基礎を齎らすためには絶好の機会でもある。角川書店は、このような祖国の文化的危機にあたり、微力をも顧みず再建の礎石たるべき抱負と決意とをもって出発したが、ここに創立以来の念願を果すべく角川文庫を発刊する。これまで刊行されたあらゆる全集叢書文庫類の長所と短所とを検討し、古今東西の不朽の典籍を、良心的編集のもとに、廉価に、そして書架にふさわしい美本として、多くのひとびとに提供しようとする。しかし私たちは徒らに百科全書的な知識のジレッタントを作ることを目的とせず、あくまで祖国の文化に秩序と再建への道を示し、この文庫を角川書店の栄ある事業として、今後永久に継続発展せしめ、学芸と教養との殿堂として大成せんことを期したい。多くの読書子の愛情ある忠言と支持とによって、この希望と抱負とを完遂せしめられんことを願う。

一九四九年五月三日

角川文庫ベストセラー

鬼龍　今野　敏

鬼道衆の末裔として、秘密裏に依頼された「亡者祓い」を請け負う鬼龍浩一。企業で起きた不可解な事件の解決に乗り出すが……恐るべき敵の正体は？　長篇エンターテインメント。

陰陽　鬼龍光一シリーズ　今野　敏

若い女性が都内各所で襲われ惨殺される事件が連続して発生。警視庁生活安全部の富野は、殺害現場で謎の男・鬼龍光一と出会う。祓師だという鬼龍に不審を抱く富野。だが、事件は常識では測れないものだった。

豹変　鬼龍光一シリーズ　今野　敏

世田谷の中学校で、3年生の佐田が同級生の石村を刺す事件が起きた。だが、取り調べで佐田は何かに取り憑かれたような言動をして警察署から忽然と消えてしまった――。異色コンビが活躍する長篇警察小説。

殺人ライセンス　今野　敏

高校生が遭遇したオンラインゲーム「殺人ライセンス」。ゲームと同様の事件が現実でも起こった。被害者の名前も同じであり、高校生のキュウは、同級生の父で探偵の男とともに、事件を調べはじめる――。

呪護　今野　敏

私立高校で生徒が教師を刺した。加害少年は被害者と女子生徒との淫らな行為を目撃したというが、捜査を始めた富野はやがて供述の食い違いに気付く。お祓い師の鬼龍光一との再会により、事件は急展開を迎える！

角川文庫ベストセラー

脳科学捜査官 真田夏希
イノセント・ブルー
鳴神響一

神奈川県警初の心理職特別捜査官の真田夏希は、友人から紹介された相手と江の島でのデートに向かっていた。だが、そこは、殺人事件現場となっていた。そして、夏希も捜査に駆り出されることになるが……。

脳科学捜査官 真田夏希
イミテーション・ホワイト
鳴神響一

神奈川県警初の心理職特別捜査官・真田夏希が招集された事件は、異様なものだった。会社員が殺害された後に、花火が打ち上げられたのだ。これは殺人予告なのか。夏希はSNSで被疑者と接触を試みるが――。

脳科学捜査官 真田夏希
クライシス・レッド
鳴神響一

三浦半島の剱崎で、厚生労働省の官僚が銃弾で撃たれ殺された。心理職特別捜査官の真田夏希は、この捜査で根岸分室の上杉と組むように命じられる。上杉は、警察庁からきたエリートのはずだったが……。

脳科学捜査官 真田夏希
ドラスティック・イエロー
鳴神響一

横浜の山下埠頭で爆破事件が起きた。捜査本部に招集された神奈川県警の心理職特別捜査官の真田夏希は、カジノ誘致に反対するという犯行声明に奇妙な違和感を感じていた――。書き下ろし警察小説。

脳科学捜査官 真田夏希
パッショネイト・オレンジ
鳴神響一

鎌倉でテレビ局の敏腕アニメ・プロデューサーが殺された。犯人からの犯行声明は、彼が制作したアニメを批判するもので、どこか違和感が漂う。心理職特別捜査官の真田夏希は、捜査本部に招集されるが……。

角川文庫ベストセラー

脳科学捜査官 真田夏希 デンジャラス・ゴールド　鳴神響一

葉山にある霊園で、大学教授の一人娘が誘拐された。その娘、龍造寺ミーナは、若年ながらプログラムの天才。果たして犯人の目的は何なのか？　指揮本部に招集された真田夏希は、ただならぬ事態に遭遇する。

脳科学捜査官 真田夏希 エキサイティング・シルバー　鳴神響一

キャリア警官の織田と上杉の同期である北条直人が失踪した。北条は公安部で、国際犯罪組織を追っていたという。北条の身を案じた2人は、秘密裏に捜査を開始するが——。シリーズ初の織田と上杉の捜査編。

不屈の記者　本城雅人

中央新聞の那智紀政は、記者の伯父が残した、謎の建設工事資料の解明に取り組んでいた。伯父は、伝説の調査報道記者と呼ばれていたが、病に倒れてしまったのだ。那智は、仲間たちと事件を追うが——。

宿罪 二係捜査（1）　本城雅人

東村山署刑事課長の香田は、水谷巡査の葬儀で、心残りだった事件の再捜査を決意する。その事件は、彼女が更生させたひとりの少女の謎の失踪事件。香田は「遺体なき殺人事件」を追う信楽刑事に協力を願い出る。

逆転 二係捜査（2）　本城雅人

人権派弁護士によって無罪を勝ち取った男がいた。だが、男は、女児殺害の疑いで、再び逮捕された。過去の事件は本当に無罪だったのか。事件の闇に、二係捜査の信楽と森内が再び挑む！　書き下ろし。